一本书读懂

50部 日本文学 经典

陈铭磻 著

中国出版集团　现代出版社

　　阅读，本是自发性的习惯行为，与他人无涉；孤灯下、清风
里、晨鸟啁啾时，借由阅读，使漫漫休闲时光成为补给干涸心灵
的美好；让书册中的智慧，协助建构纷乱时代的自我思维；从作者
书写苦难生命的深刻文字里，读到喜怒哀乐以及生老病死的磨难
的意义，便能让人暂忘苦恼，身心自在。陶渊明说得好："奇文共
欣赏，疑义相与析。"人生旅途需要导航，或许可从书册里读到与
我缘牵深浓的美好智慧，进而看见心情、发现自己。

　　过去，读书被很多人当作成就功名的手段，容易让人心生抵
触；加上求学时期接触教材，翻阅参考书，易于使人误以为这样
便是读过许多书了。其实不然，莎士比亚如是说："生活里没有书
籍，就好像没有阳光；智慧里没有书籍，就好像鸟儿没有翅膀。"
诚然，"不读书又不会死"，但我更相信，阅读是自我学习的开端，

并且可作为人生借鉴。

日本江户时代后期农政家与思想家二宫尊德，别名金次郎，通称二宫金次郎，出生于神奈川县小田原市，少时父母双亡，为照顾幼弟，白天上山砍柴，晚上编织草鞋卖钱贴补家用。及长，他用赚来的钱买了地，成为地主；其间，从未停止自学并专注研习算术、书法和农业技术，深受藩主器重，并协助其振兴农村。二宫尊德于 1856 年去世。后人将二宫尊德的好学精神列为教化与修德的典范，尤其他幼时常边走边看书，恰能代表民间与政府意欲传达的勤学理念，于是日本各地纷纷把其"负薪读书"的形象做成雕像，现已达千座以上，被喻为全日本最多的铜像，比坂本龙马、松尾芭蕉、日本武尊还多。

之后，日本在第二次世界大战中溃败，百废待举之际，积极倡导阅读，通过追求知识建立省思的新价值观。从此，读书成为日本人民的日常。不只《朝日新闻》数十年来的头版坚持刊登书籍广告，以便带动与影响大众阅读风潮；就连理工、医学、商业领域的人们也养成阅读文学书刊的习惯。人们借助夏目漱石的小说认识人心，从芥川龙之介的作品里看到人性，通过川端康成的文字见识到文化的幽玄之美。大多数人意识到，从阅读中可以获取向上的生命力。而且，不少知名的各类小说深受影视界青睐，常被改编拍摄成电影或电视剧。在计算机尚未普及的二十世纪六七十年代，放眼日本各大小城镇的公共汽车候车亭、电车车厢，乃至人们排队候车时的队伍，得见人人埋首书册、聚精会神阅览的奇观，无怪乎出版社的新书动辄万册以上。

"唐朝武盛，宋朝文旺。"公元 645 年，日本孝德天皇即位，开始对中国唐宋时期的文字、经学、史学、文学、宗教、礼仪、建筑、艺术大为推崇，并积极仿效。日本第一部正史《日本书纪》、第一部正规法典《近江令》就是用汉字写成的，日本史称"大化改新"。其后，拥有悠久历史的平安京所属的街道、寺院、园林等建筑，几乎完全仿唐朝市坊设计，世称"大唐遗风"——城北为皇城和宫城，城南为外郭城；外郭城分东西两侧，东侧仿照洛阳，西侧仿照长安，故当时的京都又有"洛阳"的别称。如今游客所见，日本奈良的唐招提寺、东大寺，四国高松的栗林公园等，都是仿唐之作。

中国唐朝文化、文学、艺术的风貌与精粹在日本奈良、京都、镰仓等地传承下来。日本的鞠躬、跪拜等礼仪也深受儒风影响，和服源自盛唐服装，日语汉字的发音普遍来自中国南宋时期。

自"大化改新"之后便热爱中国古代文明的日本，出现了很多具有中国古典文学素养的文学大家，他们创作出许多优质文学作品。紫式部的《源氏物语》如此，吉田兼好的《徒然草》如此，及至明治年间出生的川端康成的作品亦如是。百年间，日本近代文学流派众多，名家林立，掀起了文学出版的新浪潮。

然而，埋首阅览文学书册的奇观也有渐渐消逝时。当手机成为万能的生活用品，全世界人们都因此改变了既有的阅读习惯，通过手机屏幕接受、搜寻信息，不再钟情于飘散浓浓油墨香的书本。

有人说"文字藏着灵魂，书籍藏着生命"，常读书的人都懂"一心二眼"，一眼看到纸上文字，一眼看到文字的背面，就如中国古代文学家元好问所说："文须字字作，亦要字字读。咀嚼有余味，百过良自知。"

读书使人充实，论述使人机智，笔记使人准确。由是，在文学出版物滞销，出版社"哀鸿遍野"的旱象年代，我仍执意经常到书店搜寻个人年少到后中年时代阅读过的新版日本文学经典，包括滋养新一代文艺青年阅读与写作的名著，如井原西鹤的《好色一代男》、尾崎红叶的《金色夜叉》、小泉八云的《怪谈》、夏目漱石的《少爷》、石川啄木的《一握砂》、芥川龙之介的《罗生门》、川端康成的《伊豆的舞女》、小林多喜二的《蟹工船》、谷崎润一郎的《春琴抄》、志贺直哉的《暗夜行路》、三岛由纪夫的《假面的告白》、松本清张的《砂器》、安部公房的《砂女》、三浦绫子的《冰点》等。在这些作品中，作者精心叙述的关乎人情世故、情爱眷恋，乃至日本独有的物哀哲学、灭绝美学让我再次回顾了初读时的感受和心得。

多年来，阅读名作的同时，我曾亲身前往这些深受唐宋文学影响的日本文学家的"写作舞台"实地探寻，寻访并拍摄相关历史人文景象，以实物实景映对原著，彰显出这些作品所蕴含的文化意义和传世价值。难怪文学出版不甚景气的当下，仍有为数不少的出版社重版印制名家旧著。

作家隐地说："没有读过的书都叫新书。"就是这样，不是吗？

我十分喜欢苏东坡所说："旧书不厌百回读，熟读精思子自知。"伴随人生的成长，不时重读这些充满魅力、使人着迷的日本文学名著，每次都有不同的体会，像繁盛开放的新樱，岁岁年年变换姿貌，无愧经典。

目录

《枕草子》／清少纳言

春天黎明很美。逐渐发白的山头，天色微明。紫红的彩云变得纤细，长拖拖地横卧苍空。

作者·清少纳言

公元 966 年出生的清少纳言，原姓清原，是肥后守（一种官职）兼歌人清原元辅之女，"少纳言"或为其父兄的官名。清少纳言少时与橘则光结婚，育有一子橘则长，则光虽勇武却缺少文化修养，清少纳言遂与之分手。其后，则光供职宫廷，官位是"陆奥守"，与清少纳言以兄妹相称。

公元 993 年，清少纳言入宫侍奉中宫藤原定子，中宫时年十七岁，清少纳言则年长其十岁。清少纳言是当时文采丰盛的才女，与交情不睦的《源氏物语》作者紫式部齐名。公元 1000 年，中宫逝世，清少纳言出宫，后嫁摄津守藤原栋世，生育一女，名为"小马命妇"。其夫去世后，清少纳言出家为尼，公元 1025 年

▲清少纳言曾到访京都伏见稻荷大社

文学景观

京都：伏见稻荷大社、贺茂神社、小仓山、三笠山、手向山

▲京都伏见稻荷大社千本鸟居

▲京都伏见稻荷大社鸟居

去世。

　　"清少纳言"的称呼，是依清少纳言为女官时的官衔而来。"清"字应是来自娘家姓氏"清原"。《枕草子》一书中，藤原皇后称其"少纳言"，依当时的习惯，常以其父、丈夫或兄弟等近亲的官衔称呼女官，但据说清少纳言的亲戚中并没有担任少纳言的；还有一说，清少纳言入宫供职前曾有一位任中纳言的丈夫；又有一说，认为这一官称乃藤原皇后所赐，以女官的官品而言，少纳言属于下级至中级的官职。

　　清少纳言主要作品有《枕草子》《清少纳言集》等。

关于《枕草子》

　　公元 1001 年出版的《枕草子》是清少纳言的抒情文集，内容为日常生活的观察与随想，取材范围广泛，包括季节描写、山川花草等自然景象，以及人生体验和身边琐事，并记述侍奉中宫期间所见的节会、皇室生活、男女之情及个人好恶等，以优雅文笔抒写，成为随笔文学典范的开端。

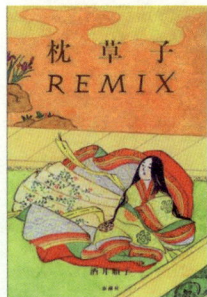

日文版《枕草子》

　　《枕草子》的"草子"为"卷子""册子"之意。"枕"字，有备忘录之意，又有珍贵而不愿示人之物的含义。

　　全书作品长短不一，共有 305 段，内容多样，大致为三种形式：一是类聚形式的段落，通过细致和深入的观察与思考，将彼

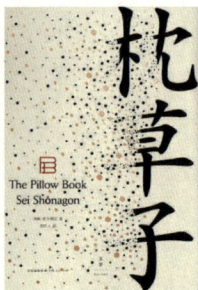

中文版本：

《枕草子》，林文月／译，2011 年 7 月，
译林出版社。
《枕草子》，周作人／译，2015 年 4 月，
上海人民出版社。

此相关、相悖的事物加以分类，然后围绕某一主题予以引申；二
是随笔形式的段落，内容涉及山川草木、京都特定自然环境的四
季变化，以及人物活动，抒发胸臆，缀成感想；三是日记回忆形
式的段落，片段式地记录自己出仕宫中的见闻。

经典名句

- 可憎恶之事，莫过于有急事时来访，偏又饶舌好长谈之客。
- 人在晓别的时候，最堪称风流多情趣了。
- 我最看不起那些没志向指望，只一味老老实实待在家伺候丈
  夫，便自以为幸福的女人。

　　清少纳言说："我只是想记下心中感动之事。"片段式寥寥数
语，文字清雅富有意趣，有时会对短句加以解释，有时则仅简单
列出一串事物。文笔简劲而犀利，有人认为《枕草子》的写作风

格深受日本文学界推崇为随笔文学典范的中国唐代李义山《杂纂》的影响。

　　《枕草子》与《源氏物语》二书在日本文学史上并列为平安时代文学作品双璧。《源氏物语》的作者紫式部曾在《紫式部日记》批评清少纳言的文风，文学界常拿《枕草子》与紫式部的《源氏物语》比较。紫式部、和泉式部、清少纳言并称平安时代"王朝文学三才媛"。

《源氏物语》／紫式部

目欲穷变世，心行止远末。人间频更替，无动是真情。

作者·紫式部

　　紫式部生于贵族文人世家，是平安时代的宫廷女官，原名藤原香子，生于约公元 973 年，卒年不详。其父藤原为时，官拜越前守，相当于现今福井县知事，善汉诗、和歌；母为藤原为信之女，两者皆出身歌人学者的书香门第。

　　紫式部自幼思敏才颖，但其父惋惜于她生为女儿身。公元 998 年，紫式部嫁给藤原宣孝，育有一女贤子。婚后三年，宣孝病故，紫式部自此过着孤寂的寡妇生活。才华出众的紫式部，公元 1005 年出仕一条天皇的皇后彰子之女官。后代学者指出，《源氏物语》一书极可能是紫式部在丈夫亡故后，同年秋天开始执笔。

　　"紫式部"三字的由来，起因于兄长藤原惟规官拜"式部丞"

（原称"藤式部"），后因宫中庆宴有大臣藤原公任以她生得尊贵、美丽而戏称她"紫色丽人"，此后宫中贵族便以"紫"字称颂她。从此，她便以"紫式部"自称，意谓"紫之物语的作者紫式部"。

2000年，日本银行发行面额为2000日元的纸币，打破历代惯例，在纸币印上《源氏物语》绘卷与紫式部肖像。因印刷纰漏而不再流通，大部分人都把这2000日元纸币当珍品收藏。

以情爱为主题的《源氏物语》，虽曾被后世诟病，但依历史发展来看，"恋爱"在平安时代是贵族之间一种"风流"的表现，也是风雅游戏。对此，在日本文化领域多有研究的作家谢鹏雄评论说："有教养的人莫不恋爱，而婚姻的戒律只是一种心理上的约束，约束双方好言相向。这种'文化'，不论其道德意义如何，诞生了许多诗歌文学与艳情故事。……紫式部置身奢华多彩的宫廷生活，似乎内心并不怎么喜欢这个生活环境。唯其如此，故能以冷静的心智、敏锐的观察取材构思，写成日本文学史上空前绝后的杰作。"

关于《源氏物语》

《源氏物语》为紫式部写于平安时代的小说，是日本首部古典小说，对日本文学发展具有莫大影响，被评论家誉为日本文学史上最优美、凄婉且恢宏的旷世巨著，同时也是世界最早的长篇写实小说。

日文版《源氏物语》

　　"物语"二字原意为"说话",也称附有图画的"话本""杂谈"。

　　《源氏物语》成书年代迄今未有精确日期,一般认为在公元1001 年至公元 1008 年之间,比但丁的《神曲》早三百年,比莎士比亚的作品早六百年,比与其情节相似的中国名著《红楼梦》早七百年,在世界文学史占有重要地位。

　　全书分为三部,共五十四回,各回均以主角的人名、地名或植物名等为章回名,很有趣味。《源氏物语》洋洋洒洒百万字的内容,以平安时代皇族光源氏家族为中心,描述宫廷权力斗争、贵族男女的爱恋情仇等。其中,第一部为光源氏的荣华轨迹物语,共三十三回;第二部为光源氏晚年的忧愁物语,共八回;第三部为光源氏第二世代薰及匂宫的物语,共十三回,其最后十回发生在宇治,所以称其"宇治十帖"。

　　《源氏物语》第一部与第二部,以桐壶帝次子光源氏与紫之上

吉永小百合主演的《源氏物语》电影海报

生田斗真主演的《源氏物语》电影海报

和桐壶帝妃子藤壶女御等多名女子之间的思慕、相恋、私情、婚姻生活为主轴，进而描绘他从人生最辉煌、最失意，到了悟命运、欲偿出家之衷的历程。第三部，以光源氏的第二世代薰为主体，描述贵族之间多重恋爱、婚姻生活、感情纠葛、人生烦恼与剃度出家等。

从美学角度来看，评论家认为《源氏物语》不仅文字婉约优美，情景描述生动，心理描写细致入微，人物刻画栩栩如生，而且充满了淡淡哀伤。这种源自大和民族凄婉之美的情感类型，以及文艺美学的写作笔触，深植于文化魅力深厚的平安时代，越发牵动人心，尤其对日本文学日后的发展与文化演变，均具深远影响。

日本"源学"专家池田龟鉴认为，《源氏物语》的主题是"光明、青春与争斗，死亡与超越死亡"。

作家谢鹏雄在《千金文章出才女紫式部》一文中说："在从前的时代，《源氏物语》也曾被视为歌颂滥情绮情、满篇风花雪月的书。明治维新以后经许多有见识的评论家的诠释，这本书才进入大学，成为日本文学系的必读书。日本人竟也花了近千年的岁月，才领悟到在那绘形绘色的纤

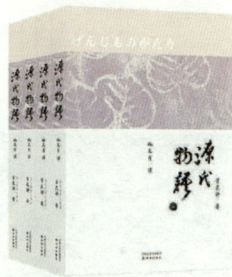

中文版本：
《源氏物语》，丰子恺／译，2020年6月，译林出版社。
《源氏物语》，林文月／译，2011年7月，译林出版社。

细描述背后，有一位只说故事而不妄下判断的作者。因其不论是非，故望之弥高，高深莫测。"

经典名句

- 山樱若是多情种，今岁应开墨色花。
- 相思到死有何益，生前欢会胜黄金。
- 恨事多有难忘处，奈何再会在歧路。
- 目欲穷变世，心行止远末。人间频更替，无动是真情。

◀紫式部在大津石山寺月见亭找到了创作《源氏物语》的灵感

▲《宇治十帖》之一，京都宇治朝雾桥前的浮舟与匂宫雕像

文学景观

京都：清水寺、风俗博物馆、晴明神社、庐山寺紫式部宅邸遗址、大德寺云林院、云林院紫式部墓冢、
　　　大德寺紫式部供养塔、嵯峨岚山、野宫神社、大本山天龙寺、清凉寺、渡月桥

大津：石山寺、琵琶湖

宇治：宇治桥、紫式部雕像、宇治川、源氏物语博物馆、与谢野晶子歌碑、宇治上神社、宇治神社、朝雾桥、
　　　浮舟与匂宫雕像、橘桥、平等院

三重：伊势神宫

◀京都岚山野宫神社是宫女前往
　伊势神宫致祭必经的斋戒净身
　的神社

《方丈记》／鸭长明

河水流不断，源水亦不绝。淤尘秽沫时有浮，经久却未见之。世上的人与事也都是如此。

作者·鸭长明

公元 1155 年出生京都的鸭长明，长于神官之家。他家世代出任贺茂御祖神社（下鸭神社）中级神官。鸭长明是平安末期至镰仓初期的作家与诗人，二十三岁因侍奉的高松女院病故，遂弃家职学习和歌、琵琶等技艺，他的和歌为后鸟羽天皇称许。鸭长明五十岁因官场失意，自宫廷不告而别，隐于大原乡下，后出家皈依佛门，移居日野外山，归隐洛北河合神社一隅，结方丈大小的草庵生活。他把结草庵隐匿的心情寄托在流传至今的随笔集《方丈记》一书中。

全书记述他在方丈之庵中闲寂的生活，从表达内心的矛盾与烦恼，到直率地坦露心扉，为能否安于清贫而自我深省。《方丈

▲京都河合神社

文学景观

京都：贺茂御祖神社、河合神社

▲鸭长明旧宅遗址，方丈庵所在地

▲重建的方丈庵，坐落于河合神社内

记》措辞优美，浑然天成，结构巧妙，格调高逸，奠定了鸭长明"日本中世隐士文学始祖"的崇高地位。鸭长明于公元 1216 年殁。

孤寂的隐士鸭长明暮年生活在河合神社的山林中，与绿林为伍，以写作自娱，在方丈大小的草庵里写下天地好文。他洞悉生命百态，看尽人生荣枯，挥洒对人性的先知先见，这和清代文人张潮的《幽梦影》、明代文人陈继儒隐于小昆山之阳所著的《小窗幽记》何异？"花不可以无蝶，山不可以无泉，石不可以无苔，水不可以无藻，乔木不可以无藤萝，人不可以无癖。"《幽梦影》中所描绘的隐居山林也正是一种癖性。

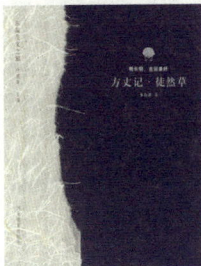

中文版本：

《方丈记·徒然草》，李均洋／译，2002 年 6 月，河北教育出版社。

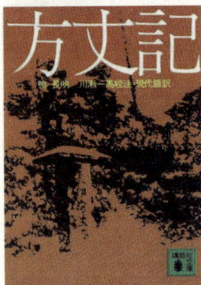

日文版《方丈记》

关于《方丈记》

鸭长明一生适逢平安末期、镰仓初期"源平合战"的年代，经历平氏一族的灭亡与古代天皇体制的衰落，他在随笔集《方丈记》里，抒发了对时代变幻无常的感慨。

公元 1212 年成书的《方丈记》，全书十三节，以简洁严整的和（假名）汉（汉字）混合体写成。书分两部分：前一部，感慨世事多艰，记述平氏统治时期的天灾、人事之变，提倡佛教的无常观，以及京城生活的"虚幻与不安";后一部,记述作者家系、出家隐居后的清贫生活。《方丈记》的主题,以世人与栖身之所的房屋虚幻无常为主,用和、汉混文为对句,说明诸行无常,文笔生动,读来韵味有致。

《方丈记》和《徒然草》被认为是日本古代随笔文学双璧,深邃警世,充满人生无常和飘然出世的思想,象征日本古代随笔文学最高成就。其又与《枕草子》《徒然草》并列日本古代散文三璧,读之韵味十足,发人深省,如:

> 若关心他人,则为爱而伤神;若从世俗,则身心窘困;若不从世俗则被视为疯癫;只要亲近人,心就会被爱所俘虏;如果遵从世间规定,又会被束缚所苦;究竟该在哪里,才能让心情平静?

经典名句

- 什么事都不能有依赖心。痴迷之人过于依赖人事,就常怨恨他人或发怒生气。
- 人生在世,得能长存久住,则生有何欢?正因变化无常,命运难测,方显人生百味无穷。
- 于人迹罕至、水草清茂之地,逍遥徜徉,赏心悦事莫过于此。

《平家物语》／信浓前司行长

祇园精舍的钟磬，敲出人世间无常的响声。

《平家物语》说书人·无耳芳一

　　《平家物语》成书于 13 世纪镰仓时代，也称《平曲》或《平家琵琶曲》，属军记物语。作者何人，众说纷纭。吉田兼好在《徒然草》中明喻可能是信浓前司行长所写，原本三卷，后经盲僧无耳芳一以琵琶伴奏传唱、补充，再加文人校勘、编写，衍生成今日的十三卷本。西方人将《平家物语》譬喻为"日本的伊利亚特"。全书 192 节，记叙公元 1156 年到公元 1191 年三十余年间平家与源氏两大武士集团兴衰起落的政权争斗。

　　琵琶法师芳一，为一名盲僧，常在路边弹奏琵琶。镰仓时代初期，芳一以《平家物语》为蓝本配合琵琶作出《平曲》，唱诵经文和说唱《平家物语》为人知晓。《平曲》描述了平安王朝末期，旧贵族阶级日趋没落，逐渐被新兴武士阶层取代，最终灭亡的争战过程。小说中平清盛因一时之仁，使源赖朝兄弟得以免死，最终平家灭绝，源赖朝以妒忌之心追杀胞弟源义经，义经死后四个月，奥州藤原氏的荣华告终，最后源氏宗族被北条家所灭；源平之战，孰胜孰败？正如卷首语所言：

> 骄奢者如一场春梦，不会长久；强梁者如一阵轻尘，过眼云烟。

关于《平家物语》

《平家物语》围绕以平清盛为首的平家和以源赖朝为首的源氏两大武士家族政争为主要故事，全书以编年体写作，内容分三部分：

第一部分叙述平清盛成为第一位武家当上太政大臣职位的大人物后，性情骤变，跋扈、骄奢又霸道，除了将女儿建礼门院德子嫁给高仓天皇，排除众议让年幼的外孙登基为安德天皇，还因禁后白河天皇，控制朝廷，导致内战四起。此外，他强行迁都福原，引起贵族公家不悦，后来不得不迁回京都。福原迁都一事，被鸭长明写入《方丈记》，视为与地震、饥馑、旋风、大火等同样的灾祸。

第二部分着重写平清盛长子平重盛去世不久，平清盛亦热病

日文版《平家物语》

往生，由三子平宗盛继承平家。平宗盛能力不足，战力不够，平家渐趋衰败。此时，平家的对手——源氏的木曾义仲乘势崛起，攻略京城，逼迫平家撤迁西国。义仲进入首都后，无法约束军队，军心涣散，最后由身在镰仓的源赖朝下令两位弟弟源范赖和源义经前往首都追讨木曾义仲，并将义仲斩首示众。

第三部分把笔墨集中在被日本人视为战神的源义经身上。源义经进入京城后，受后白河天皇信赖，并在追讨平家的一之谷之战、坛浦之战中立下辉煌战绩，源义经因此被视为打败平家、使平家由盛至衰最终被消灭的最大功臣。源义经战功彪炳，引起源赖朝妒忌，源赖朝下令对其追杀。义经一路逃到奥州平泉，起初还能受藤原秀衡庇护，但秀衡死后，其子藤原泰衡为讨好源赖朝，迫使义经自尽身亡，义经也因此成为日本史上备受瞩目的悲剧人物。

其中，吉川英治所著日文版《新平家物语》，叙述享尽荣华富贵的平家一族弃京之后在历经源平合战，一之谷、屋岛、坛浦等战役后，节节败阵，终至灭亡。《新平家物语》重点在平清盛与平宗盛两个时期，以及保元之乱和平治之乱两次战争，通篇以编年体写作。作者在书中还加入个人对源、平两个武

中文版本：
《平家物语》，王新禧／译，2012 年 11 月，上海译文出版社。
《平家物语》，郑清茂／译，2017 年 2 月，译林出版社。

▲坛浦古战场，下关御裳川公园的源义经与平知盛对决雕像

文学景观

广岛：宫岛、宫岛口兰陵王、清盛神社、严岛神社、宫岛平家纳经、濑户内海

门司：和布刈神社、门司城遗迹、门司柳之御所、坛浦之战图、甲宗八幡神社、关门海峡

下关：大岁神社、坛浦古战场、幼帝御入水处、平家之一杯水、赤间神宫

京都：六波罗蜜寺、若一神社、寂光院、长乐寺、泷口寺、祇王寺、八坂神社、三十三间。堂、宇治川先阵

兵库：明石海峡、明石、清盛冢、荒田八幡神社

▲坛浦海战中自尽的七盛之冢，在下关赤间神宫

▲广岛的严岛神社是平家拜佛圣地，图为宫岛清盛神社

士集团的看法，形成以作者的眼界寻找平氏衰亡根源的创作主线，寄寓了警世缩影，并借由指摘，谆谆警谕骄奢必败等诫语。

另则，宫尾登美子所作的《宫尾本平家物语》塑造了王朝文学所不曾有过的披坚执锐、跃马横枪的英雄人物。全书贯穿新兴的武士精神，武士、僧兵取代贵族地位，成为英姿勃发的传奇人物。这些形象的出现，象征日本古典文学开创了与王朝文学迥然不同的传统写作新局面，对后世文学的发展影响深远。

台湾大学历史系教授李永炽评论，出自平安时代初期紫式部创作的《源氏物语》与《平家物语》并列为日本古典文学双璧，两者一文一武，一象征"菊花"，一象征"剑"。

经典名句

- 祇园精舍的钟磬，敲出世间无常的响声。两株娑罗树的花色，诉说盛极必衰的道理。骄奢者如一场春梦，不会长久。强梁者如一阵轻尘，过眼云烟。

《徒然草》／吉田兼好

人心是不待风吹而自落的花。

作者·吉田兼好

　　1283 年出生的吉田兼好，是日本南北朝的著名歌人，本姓卜部，居住京都吉田，故称吉田兼好，精通儒、佛、老庄之学。吉田兼好曾在朝廷为官，初期侍奉后宇多院上皇，为左兵卫尉。1324 年，上皇驾崩后吉田兼好在修学院出家为僧，后行走各处，1350 年殁于伊贺。

　　吉田兼好用一段关于射箭的比喻讲述了一个道理：

　　某人学射箭，拿两支箭去射靶。老师对他说："初学的人，不要带两支箭，因为会产生依赖后一支箭，而对前一支箭不用心的态度。每次射箭不要有哪支能射中、哪支不能射中的想法，应该有一箭必中的决心。"

按理说，在老师面前仅带两支箭，怎么会产生其中一支箭无关紧要的想法呢？虽然学生不认为会产生松懈的念头，但老师却懂得这一点。这个道理适用于任何事。

学习某项本领的人，以为除了今晚，还有明朝；到了早晨，还有晚上，总想到了那时再认真学习。更何况，他哪里知道在瞬间也会萌生松懈的念头呢。看来，在立志奋发的一瞬，能立即付诸实施，该是多么难的事啊！

喜欢吉田兼好的智慧，喜欢《徒然草》于情趣与清雅中所流露出的悲悯生命的幽然感伤。

中文版本：

《徒然草》，文东／译，2013年12月，中信出版社。

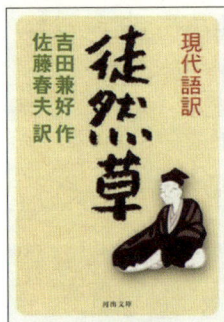

日文版《徒然草》

关于《徒然草》

吉田兼好于 1331 年写成的随笔集《徒然草》，是一部探究人生哲学的书。日语"徒然"是"无聊"之意。这部随笔集共 243 段，由杂感、评论、小故事及一些记录或考证性质的作品所组成，彼此之间互不连属，长短不一。主题环绕无常、死亡、自然美等，涉及当时社会的公卿、贵族、武士、僧侣、樵夫、赌徒等各阶层人物。

作者对当代日趋灭亡的贵族命运予以批判，认为这是顺乎"变化之理"，并运用

▲吉田兼好位于京都左京区吉田的故居

文学景观

京都：仁和寺

▲邻近京都大学的吉田神社

▲成为平安京镇守神社的吉田神社

有寓意的小故事加以说理。《徒然草》语言简练刚劲，描写生动精准，被认为是随笔文学佳构，与清少纳言的《枕草子》并称为日本随笔文学双璧，同时与《枕草子》《方丈记》并称为日本三大随笔文学。

经典名句

- 世上的事，最令人回味的，是始和终这两端。

- 天地万物，寿命之长没有能超过人的。其他如蜉蝣，早上出生晚上即死；如夏蝉，只消活得一夏而不知有春秋。抱着从容恬淡的心态过日子，那么一年都显得如此悠游、漫长无尽；抱着贪婪执着的心态过日子，纵有千年也短暂如一夜之梦。

- 人心是不待风吹而自落的花。还记得以前的恋人她情深意切的话，但人已离我而去，形同路人。此种生离之痛，甚于死别。故见到染丝，有人会伤心；面对岔路，有人会悲泣。堀川院的百首和歌中有歌云："旧垣今又来，彼姝安在哉？唯见蓁蓁处，寂寞堇花开。"这种寂寞的景况，谁说没有呢？

06

极尽情色描写之能事

《好色一代男》／井原西鹤

五十四年间遍历女色男色凡四千余人。

作者·井原西鹤

　　井原西鹤原名平山藤五，1642 年出生于大阪，别号鹤永、二万翁。十五岁开始学习俳谐，师事谈林派的西山宗因；二十一岁成为俳谐名家。井原西鹤年轻时独创"浮世草子"体裁，促使町人文学诞生，成为江户时代浮世草子和人形净琉璃著名的俳句诗人。

　　"浮世草子"又称"浮世本"，是江户时代产生的日本前期近代文学形式之一，始于大阪，流行及至江户，主要以庶民生活为书写主题。"浮世"有两个意思，一为现世之意，二为情事、好色之意。

　　"人形净琉璃"属于独立性的木偶戏，是一种说唱辞章，像芳一法师说唱《平家物语》的《平曲》一样，由琵琶伴奏，为兼具

▲大阪市天王寺区生国魂神社的井原西鹤雕像

文学景观

大阪：天王寺区生国魂神社井原西鹤雕像、伊丹市五丁目有
　　冈公园井原西鹤歌碑、锡屋町井原西鹤终焉地立碑

▲大阪市中央区谷町三丁目"西鹤终焉之地"碑

素朴音乐性的说唱故事形式。

井原西鹤三十四岁时，他的妻子逝世。井原西鹤从此抑郁寡欢，为表达对妻子的眷恋，他曾一天创作了一千首俳谐；后又将经营的店铺和小孩托付伙计照料，自己在大阪削发修行，周游各地。井原西鹤五十岁时，他的女儿过世。1693 年 9 月，他因病往生，享年五十一岁。井原西鹤临死前完成最后一首俳句："人生五十年，沧桑阅尽多两年，虽死无遗憾。"西鹤的俳谐著作十余种，代表作《西鹤大矢数》《五百韵》等。

关于《好色一代男》

　　1682 年，井原西鹤四十一岁，以散文形式写下第一部情色小说《好色一代男》，博得好评，被认为是"浮世草子"社会小说的起点、现实主义"市民文学"的开端。自此，井原西鹤全力创作小说，直到五十一岁病逝，共写了二十多部小说。

　　井原西鹤的小说创作分为三个阶段：初期着重以爱情为人生第一要务，再以人物形象与男欢女爱为题材，如《好色一代男》和《好色二代男》；第二阶段为以生活在封建和道德压制下酿成悲剧的女性为主的《好色五人女》；最后是完成于 1686 年的情欲小说《好色一代女》，其内容描写了某诸侯的宠妾沦为娼妓的悲惨一生。

　　《好色一代男》被列为江户时代前期的代表文学，也是井原西鹤的处女作，全书八卷八册，于 1682 年出版。一如书名，《好色一代男》极尽情色描写之能事，人物刻画入微，情节生动精彩，充满感官刺激，对地方风土物态有细致描绘。

　　《好色一代男》体裁仿照《源氏物语》，共计五十四回，将主

中文版本：

《好色一代男》，王启元、李正伦／译，2004 年 2 月，中国电影出版社。

日文版《好色一代男》

《好色一代男》电影海报

角世之介自七岁到六十岁的经历写成五十四个短篇，各篇既独立又连贯，自成一格。由于该书具有时代意义，后世遂将《好色一代男》的体裁称作"浮世草子"。

故事的主角是但马屋的少爷世之介。他七岁即通晓男女情事，少年生活放荡，纵情声色，遭父亲断绝父子关系，逐离家门。此后他愈加肆无忌惮，大张旗鼓遍游各地花街、妓院娼馆，进行"好色修业"。世之介三十五岁时，他的父亲往生，他意外继承大笔遗产，生活更加放浪，开始接触艳名远播、倾国倾城的娼妓，荒淫无度到了极点。世之介六十岁时，决定进行人生游历，驾驶"好色丸"大船，满载财宝及催情食品与工具，偕同六位友人，航行前往传说中只有女人的欢乐之岛"女护岛"，最后音讯全无，不知所踪。

本书是作者三十四岁丧妻后，以自身遍访各地花街柳巷的经历为创作素材，借由世之介与 3742 个女子发生性关系的经历，意图悟出"色道"。读来有些荒唐，有些荒谬，但作者以其纵横古今的才华，反映三百多年前，商人阶层兴起后庶民丰富多彩的生活实貌，以及当代人民的生命美学，无怪乎会被后世视为江户时代的《源氏物语》。

经典名句

- 没有比女人的心更善变的东西了。
- 美丽的女人朝秦暮楚，善良的女人意志坚定。

07

《奥州小道》／松尾芭蕉

寺院一片寂，蝉声透岩石。

作者·松尾芭蕉

　　1644 年，松尾芭蕉出生于三重县上野市，是低阶武士的儿子，幼名金作、半七、藤七郎、忠右卫门，后改名甚七郎、宗房，俳号宗房、桃青、芭蕉。蕉门弟子在其编著中，敬称他为"芭蕉翁"；别号钓月轩、泊船堂、天天轩、坐兴庵、栩栩斋、华桃园、风罗坊和芭蕉洞等。

　　芭蕉十三岁丧父，进入藤堂家，随侍新七郎嗣子良忠，良忠比芭蕉长两岁，平日学习俳谐，号蝉吟，师事贞门俳人北村季吟，芭蕉跟随良忠学习俳谐。作为蝉吟的使者，芭蕉数度前往京都拜访季吟，深得宠爱。1666 年春，蝉吟病殁，芭蕉返回故乡。

　　1680 年冬，芭蕉受门人杉山杉风邀请，移居深川芭蕉庵居住。

1682 年，芭蕉庵遭火焚毁，芭蕉流寓甲州，翌年重回江户。其间，芭蕉逐渐将俳谐改造成崭新的艺术形式，创立具有娴雅、枯淡、纤细、空灵风格的蕉风俳谐。他在 1683 年出版的俳谐集《虚栗》跋文中说："立志学习古人，即是表达对新艺术的自信。"

1684 年，芭蕉做《野曝纪行》之旅，归途中在名古屋出席俳谐大会，得《冬日》五"歌仙"，此乃蕉风俳谐创作成果的一次总检阅。此后，芭蕉创作《鹿岛纪行》《笈之小文》《更科纪行》等纪行文，进一步奠定蕉风俳谐的文学地位。1689 年的《奥州小道》也译作《奥州小路》《奥之细道》，是蕉风俳谐的第二转换期。

他宣扬"不易流行"的俳谐理念，主张作风脱离观念、情调探究事物的本质，以咏叹人生为己任，其后出版的《旷野》《猿蓑》等，呈现蕉风俳谐的特色。

由于芭蕉在旅途中展现快速步伐，有人认为他可能当过忍者。长途旅行让他得以观察列国，包括获得德川幕府的相关情报。芭蕉的出生地在伊贺国上野，而伊贺是忍者的故乡，加之其年少当过藤堂良忠的随从，因而有少数学者暗示芭蕉是德川幕府的间谍。

1694 年，芭蕉离开京都前赴西方旅途，在大阪患严重腹疾，折返故乡；是年 10 月 12 日辞世，享年五十一岁，临终前留下最后俳句："旅途罹病，荒原驰骋梦魂萦旅（に病で、梦は枯野をかけ廻る）。"作品计有：《贝炊》《俳谐次韵》《虚栗》《旷野》《风雨纪行》《冬日》《鹿岛纪行》《笈之小文》《更科纪行》《奥州小道》《幻住庵记》《木炭草袋》《芭蕉七部集》等。

关于《奥州小道》

  1694 年出版的《奥州小道》是俳谐大师松尾芭蕉的经典纪行文学，属于"俳谐纪行文"，记述芭蕉与弟子河合曾良于 1689 年从江户出发，经栃木县、福岛县，游历东北、北陆至大垣（岐阜县）的见闻，以及沿途有感而发撰写的纪行俳句，凡遇美景名胜，无不留下佳文俳句。如："月日者百代之过客，来往之年意旅人也""石山濯濯，岩石白洁如洗，秋风更白""古池塘，青蛙跃入，一声响""树下肉丝，菜汤上，飘落樱花瓣""寺院一片寂，蝉声透岩石""海边暮色薄，野鸭声微白""春雨霏霏芳草径，飞蓬正茂盛"等，文辞闲寂风雅，均为千古名篇。芭蕉的作品不仅体现了日本人深以自豪的文学特色，也具有放诸四海皆准的普世艺术价值，是日本俳谐文学的瑰宝。

日文版《奥州小道》

中文版本：
《奥州小道》，郑民钦／译，2020 年 3 月，现代出版社。

  俳句，原称俳谐，是日本的古典短诗，由五、七、五，三行十七个音节组成，俳句中必定要有"季语"。"季语"即表示春、夏、秋、冬的季节用语，如"骤雨""秋风""雪""樱花""蝉""鲑""丝瓜"等自然现象、动植物等名称。日本最初的俳句出现于《古今和歌集》，松永贞德、井原西鹤、松尾芭蕉、

▲京都市右京区松尾芭蕉旧宅邸"落柿舍"

文学景观

《奥州小道》路径：栃木县、福岛县、宫城县、岩手县、山形县、秋田县、新潟县、富山县、石川县、
福井县、滋贺县、岐阜县。包括：

1. 日光路：草加、室八岛、日光、那须、黑羽、云岩寺、杀生石、芦野

2. 奥州路：白河、须贺川、浅季、信夫、佐蒔庄司旧迹、笠岛、武隈之松、仙台、壶碑、盐釜、松岛、
   石卷、平泉

3. 出羽路：出羽越、尾花泽、立石寺、大石田、最上川、羽黑山、月山、汤殿山、酒田、象泻

4. 北陆路 / 越后路：市振、有矶海、金泽、小松、那谷寺、山中、大圣寺、汐越之松、丸冈、永平寺、福井、
   敦贺、种滨、大垣

▲松尾芭蕉的出生地三重县伊贺上野

▲宫城县松岛湾商店前松尾芭蕉坐像

与谢芜村、小林一茶、正冈子规等都是个中好手。

评论家认为，芭蕉的《奥州小道》文字恬淡圆熟，把"色润情潜"和"怜世"的美学融于世俗之中，在艺术上追求更高境界。以俳谐完成的纪行见闻《奥州小道》，受世人喜爱，日本人也因此将芭蕉奉为"俳圣"。

经典名句

- 没有眼里所无法看见的花朵，更无心中所不愿思慕的明月。
- 春将逝，鸟啼鱼落泪。
- 松岛啊，松岛。

作者·尾崎红叶

《金色夜叉》／尾崎红叶

贫穷的人偷窃不足为奇，不贫穷的人也会偷窃吗？

　　1868 年出生于东京芝中门前町的尾崎红叶，原名尾崎德太郎，他的父亲是根雕工匠，同时又是相扑场的帮闲者。尾崎红叶从小对父亲的职业身份感到羞耻，极力避讳与父亲的关系，甚至不愿向人提及。尾崎红叶的母亲在他四岁时因病去世，他由外祖父家收养。他小时就读三田英学校，1885 年进大学预科学习，和山田美妙等人成立"砚友社"，出版刊物《我乐多文库》，推崇写实主义，是日本近代文学史上最早的同人杂志。

　　1888 年，尾崎红叶就读于东京大学法学系；1889 年转入文学系；1890 年因学期考试两度落第，辍学后决意转成专事文学创作的作家。1889 年尾崎红叶即发表短篇小说《两个比丘尼的色情忏悔》，同年，受聘担任《读卖新闻》文艺栏编辑。尾崎红叶的创作意识受作家井原西鹤影响颇深，其作品有中篇小说《香枕》《三个妻子》，长篇小说《多情多恨》。1897 年起，他的作品《金色夜叉》在《读卖新闻》连载，一时洛阳纸贵，引起广泛回响，可惜大作未竟，作者却罹患胃癌去世。

▲ 热海市东海岸町《金色夜叉》主角贯一和宫的雕像

尾崎红叶生前还翻译、改编不少欧洲文学作品。写作小说之余，他尚且喜爱俳句，曾为俳坛留下不少隽永佳句。尤其，又培育泉镜花、小栗风叶、柳川春叶、德田秋声等弟子写作，传为日本文坛佳话。评论家认为，尾崎红叶的创作是从戏作[1]出发，经由井原西鹤，最后试图达到近代写实主义。因此，文学界把他归类为拟写实主义和拟古典主义，有人索性把他的文学称为"半戏作的拟近代文学"。

其著作有《金色夜叉》《香枕》《两个比丘尼的色情忏悔》《三

1　戏作（日语げさく、ぎさく），江户时代后期的通俗小说类之总称。戏作的著者称为戏作者。写作芥川时查过日文资料，"戏作"又可指有情感的短篇作品，概指戏曲作品或情节感人的小说。

▲热海市立图书馆典藏绘画《金色夜叉》

文学景观

热海市：间贯一与鸥泽宫的雕像、金色夜叉之碑、初代宫之松、二代宫之松、尾崎红叶笔冢

▲热海市东海岸町《金色夜叉》女主角宫之松

▲热海市春日町尾崎红叶句碑

人妻》《多情多恨》《青葡萄》《黑暗的心》等。

关于《金色夜叉》

1897 年开始，历经五年陆续在《读卖新闻》连载的长篇小说《金色夜叉》是尾崎红叶著名的作品，可惜小说连载还未结束，作者即罹患胃癌去世，结局由弟子小栗风叶根据《金色夜叉腹稿备忘录》续写。这部小说以爱情与金钱为主轴，描绘上流阶层和下层社会的不同人物形象，讲述了爱情遭金钱染指，终致恋人背叛的故事。它是明治初期出版的小说中，拥有最多读者的作品之一。评论家说，尾崎红叶的作品充满自然主义情调。

中文版本：
《金色夜叉》，连子心／译，2019 年 8 月，现代出版社。

"金色夜叉"意即"金钱魔鬼"。本书描写一名大学预科生间贯一遭未婚女友鸥泽宫无情抛弃的情变故事。鸥泽宫贪恋银行家儿子的财富，不惜移情别恋；间贯一则

日文版《金色夜叉》

因爱生恨开始放高利贷，摇身成为敛财魔鬼的金钱夜叉。某个月夜，这对恋人最终在热海的海岸啼哭分别，仅能用抱憾的余生救赎情爱罪孽。两个人都为难以挽回的感情付出代价。

小说反映了明治时期社会步入资本主义过程衍生的金钱至上

主义思想，并揭示金钱至上主义摧毁人性。作者透过小说对社会金钱至上主义思想的批判，还将文学与社会心理学结合，融会成为雅俗共赏的绚烂文体，吸引万千读者阅读，对当代日本社会产生巨大影响。

日本文坛著名的后现代主义文学创导者高桥源一郎在著作《文学王》中如此评价《金色夜叉》："读了《金色夜叉》着实吓了一跳，实在是太有趣了，真的。近来我一直在寻找那些虽然没有读过，但却众所周知的日本文学作品，其中王者难道不就是《金色夜叉》吗？开始阅读时，老实说，我完全没抱什么期待，读后却觉得有趣得不得了，恨不得惊呼：哇！红叶，你才是最棒的！看来带着偏见是不行的。"

《金色夜叉》主角间贯一和鸥泽宫这对恋人诀别的热海，已经成为蜚声海内外的旅游胜地。

经典名句

- 即使走在一起，也只限于今天。
- 金钱是循环天下之物。
- 那一天晚上，那轮明月晶莹，可是两人心情阴暗。
- 记着今天一月十七日吧！明年的今月今夜，后年的今月今夜，十年后的今月今夜，我一定会用我的眼泪使月亮阴晦！

《乱发》／与谢野晶子

圣上自己不出征，却叫别人的孩子去流血，去为野蛮杀人而送命，还要说这种死光荣！

作者·与谢野晶子

　　与谢野晶子，本名凤晶，1878 年 12 月出生于大阪府堺市，是明治至昭和时期的诗人。父亲凤宗七为皇室御用糕点商人。与谢野晶子出生后不久即被送往姑姑家养育，直到三年后弟弟出生才被接回，此后，父亲拿她当男孩教养。四岁被送到小学就读，因启蒙尚未成熟，六岁再次将其送入就学。

　　与谢野晶子小学毕业考入京都府立第一女子中学，因不满学校课程老旧陈腐，遂留在家中帮父母做事。一方面其父亲为守护她的贞操，白天不许单独出门，晚上又将其困锁卧房；另一方面家中藏书甚丰，她边做家事边读书，将阅读视为抒发窒息式情绪的出口，甚至是逃脱现实愤怒的途径。

其间，她饱读平安时代的宫廷文学、江户时代的通俗小说，及至明治初期的当代文学，包括清少纳言、紫式部、尾崎红叶、幸田露伴、樋口一叶等大家的作品与白居易等人的中国古典文学名作。

1897 年与谢野晶子因阅读诗人铁干发表在《读卖新闻》的作品，跃跃初试自己诗作的可能性。不久，她结识本名为与谢野宽的铁干，两人心生爱慕，私订终身，并结为连理。铁干有过两次婚姻，与晶子结婚后，两人也厘不清太多风流情史的情感纠葛。

与谢野晶子早期作品大都抨击日本旧社会的虚伪道德，强烈呼唤真爱真情和自由恋爱。多数作品又讴歌肉体感官之美，深切表现少女情窦初开的思春情态。如《善恶草》的思春歌：

> 讲道君子哟
>
> 柔嫩肌肤空在身
>
> 热血徒澎湃
>
> 无人触摸无人爱
>
> 人不亦寂寞难挨？

日俄战争后期，她的作品表现反战与关注个人生命的主题，曾发表著名的诗歌《你，不要死！》引起莫大回响：

> 叹身处旅顺包围军中之弟
>
> 你呀！不要死！

　　圣上自己不出征，却叫别人的孩子去流血，去为野蛮杀人而送命，还要说这种死光荣！

　　人都说圣上慈悲为怀，可这件事又怎能教人想得开通？

　　这首诗吐露家人被迫赴战的辛酸，表达了热爱和平、反对战争的强烈之情，是主题鲜明的反战作品。尤其诗句勇敢向绝对主义的天皇发起挑战，反映出与谢野晶子无所顾忌的自由意志与反抗个性，更加引起人们痛恨战争的共鸣。

　　与谢野晶子一生著述颇丰，作家田边圣子评为："一千年才出现一个的天才。"

　　与谢野晶子于 1942 年 5 月病殁。

关于《乱发》

　　1901 年出版的《乱发》，是与谢野晶子的第一本诗集，全书收录 399 首短歌，书名取自铁干的诗句"心思骚动之女／乱发之女"。诗集出版后引起轰动，重新点燃日本文坛奄奄一息的浪漫火苗。人们说，这是一部热情、大胆、灵巧、迷人的短歌集。

　　"短歌"，又称"和歌"，是日本盛行的诗歌形式，由五七五七七、三十一音节组成。这本短歌集，关于"春"的描述特别多，是

中文版本：

《乱发》，陈黎、张芬龄／译，2020 年 6 月，北京联合出版有限公司。

日文版《乱发》

▲大阪府堺市堺区甲斐町"与谢野晶子生家迹"纪念碑

文学景观

大阪府堺市堺区宿院町：与谢野晶子纪念馆

京都宇治：与谢野晶子文学碑

静冈县静冈市清水区兴津清见寺：与谢野晶子文学碑

大阪府堺市浜寺公园：与谢野晶子文学碑

山梨县富士吉田市本栖湖：与谢野晶子文学碑

伊豆大岛波浮港：与谢野晶子文学碑

▲京都宇治宇治川畔与谢野晶子的《宇治十帖》歌碑

▲镰仓大佛园区与谢野晶子《赞大佛》歌碑

◀ 大阪府堺市车站前的与谢野晶子雕像

▼ 冈山备前市与谢野晶子歌碑

礼赞春、礼赞恋情、赞颂官能美的春歌集，是日本现代新女性与古典女性形象兼备的短歌集，读来令人难忘。

经典名句

- 把所有的红花 / 留给我的朋友 / 不让她知道 / 我哭着采撷 / 忘忧之花。

- 春天短暂 / 生命里有什么 / 东西不朽？ / 我让他抚弄我 / 饱满的乳房。

- 这些废纸上 / 写着我愤世怒骂的 / 诗篇 / 我用它们压死 / 一只黑蝴蝶！

《怪谈》／小泉八云

如果你对他们不好，我会让你得到应有的报应！

作者·小泉八云

　　原名 Lafcadio Hearn 的小泉八云，是首位欧美裔日本作家，1850 年出生于希腊爱奥尼亚群岛。父亲为爱尔兰军医，英国占领伊阿宁群岛时，其父留驻岛上，与一名希腊女子结婚，生下 Hearn。Hearn 的先祖据说是中世纪吉普赛人，因此 Hearn 的血统里含有流浪的艺术气质。稍长，他被父亲带到爱尔兰，进入杜尔汉的乌泻天主教会学校读书。不久，父母亡故。十九岁后，Hearn 遭困顿逼迫，远行到英国、美国，开始漂泊生涯。

　　1890 年，Hearn 搭乘亚比尼号客船从加拿大温哥华，横越太平洋进入日本横滨。后来，与岛根县松江藩士的女儿、松江中学英语教师小泉节子相识，结婚。1896 年加入日本国籍，受聘东京

▲熊本市中央区安政町小泉八云旧邸

文学景观

岛根县松江城：小泉八云纪念馆、小泉八云故居

熊本市中央区安政町：小泉八云故居

下关：赤间神宫无耳芳一雕像

▲岛根县松江市北堀町小泉八云旧邸

▲下关赤间神宫《怪谈》主角无耳芳一木雕坐像

大学担任英国文学教授，因喜欢"云气纷纷涌出，在出云众山间，为留住妻子，故而筑起八重垣（八云立つ／出云八重垣／妻ごみに八重垣作るその八重垣を）"，便依妻姓，取名"小泉八云"。

旅居日本多年，他深爱当地充满魅力的东洋风土人情，且从妻子口中听闻不少民间怪谈，便着手以英文写成短篇小说，包括《鸳鸯》《乳母樱》《长袖和服》《鲛人报恩》《生灵》《毁约》等，集结成《怪谈》一书。这本书后来由平井呈一译成日文，受到读者欢迎，也使他成为怪谈文学始祖。导演小林正树曾将他书里的篇章，如《平家物语》说书人"无耳芳一"与纠结情感的"雪女"拍成电影；已故导演黑泽明的电影《梦》的灵感，也是来自小泉八云的著作。其代表作品还有《骨画》《明暗》《日本杂记》等，《日本与日本人》则是研究日本人的重要著作。

小泉八云精通英语、法语、希腊语、西班牙语、拉丁语、希伯来语等多种语言，学识渊博，为当代少见。小泉八云住在日本的后半生致力推动东西文化交流、译作，促进不同文明相互了解，贡献良多。1904年，他因工作劳累及遭受同侪排挤，忧愤死于东京寓所。

他生命中的日本生涯，从 1891 年到 1894 年，在熊本市第五高等学校（现在的熊本大学）任教，担任英语教师，故居坐落于熊本市水道町站鹤屋百货店正后方。

关于《怪谈》

1902 年出版的《怪谈》，通过乡野奇谭描绘在黑暗和冷寂中流转的灵异传闻、人妖之间的爱情、历史传奇典故,如梦似幻、扑朔迷离,作者借由幽雅而凄迷的叙述,超越阴阳两界的对话,逾越人鬼神各处一方的界限,传达出精彩有趣、诡谲可怖、瑰丽怪奇的写作风格,使读者在神秘与幽玄中感慨炎凉世态,慨叹无奈人间。

　　本书的故事和语境大都带有浓厚乡土气味,充溢大和气息,作者以渊博的学识和细腻入微的审美观,摒除鬼怪灵异的恐怖描述,娓娓传诵纤细哀婉凄幽的人性美,融合西方热情雄浑的意识与东方质朴的理解方式,描绘妖魔鬼怪的世界,承载了日本厚重的历史与东方文化特有的美感,确然具有品味的价值:

　　雪女爱上年轻英俊的樵夫,饶他不死。多年后,男子却遗忘承诺,背叛了她的真心。

　　眼盲的琵琶琴师芳一借宿寺院说书,夜夜被武士带往狱城对神秘贵族献唱《平曲》,寺院住持却发现事有蹊跷,在他身上以朱砂写下心经。

　　年轻士兵爱上住在桥下宫殿的美丽女子,要他不能说出两人相爱的事。这次,神秘美女不是蛇,不是狐狸,更不是龙女。

中文版本:

《怪谈》,冬初阳/译,2020年7月,现代出版社。

日文版《怪谈》

行刑前，被判死罪的男子扬言死后必找机会报仇，主公该如何化解这股怨瘴？

死后的妻子在棺材里一天天复活，丈夫却逐渐消瘦，两人的誓言无法实现。

……

全书故事，包括多数人熟悉的《雪女》与《无耳芳一的故事》，以及《阿贞的故事》《乳母樱》《巧计度劫》《镜与钟》《食鬼》《獴精》《辘轳首》《死者的秘密》《青柳的故事》《十六樱》《安艺介之梦》《傻阿力》《向日葵》《蓬莱》等。

经典名句

- 公子王孙逐后尘，绿珠垂泪滴罗巾。侯门一入深如海，从此萧郎是路人。

- 曙光隐隐映吾袖，许是情郎遗金辉。

- 这云游僧不在房里，不见踪影！更糟的是，主子你的身体不知道被他搬到哪儿去了！

《我是猫》／夏目漱石

原来人哪，对于自己的能量过于自信，无不妄自尊大。

作者·夏目漱石

1867 年出生于今东京都新宿区喜久井町的夏目漱石，本名夏目金之助。一岁时，夏目被送去塩原家当养子。1874 年，进入浅草寿町的户田学校就读；1876 年，才从养父母家返回原生家庭。夏目漱石十四岁开始研读中国古籍，立志研习汉文。

二十三岁，夏目进入东京大学英文系，就学期间，受好友知名俳人正冈子规等人的影响开始写作；他用汉文写作的暑假游记《木屑录》不仅是其最早汇集成册的作品，还署名"漱石顽夫"。"漱石"二字来自唐代《晋书》的故事"漱石枕流"，一开始是子规的笔名，被夏目借用，最终成为他正式的笔名"夏目漱石"。

1895 年，夏目在四国爱媛县松山中学任教，第二年转任九州熊本高中，其教书经历后来出现在小说《少爷》中。1896 年，夏目在家人安排下，跟贵族院书记官长中根重一的长女镜子结婚。在此期间，夏目在俳句界声名鹊起。

1899 年 10 月，三十三岁的夏目被日本政府遴选为第一批留学生之一，被送去英国进行为期两年的英语研究。返国后，夏目进入东京大学讲授英文，开始文学创作。1905 年发表的《我是猫》使他一举成名。

1907 年，夏目进入《朝日新闻》报社工作，《文艺的哲学基础》开始连载，后由大仓书店出版《文学论》。在此期间，夏目漱石的最大成就是发表长篇小说《虞美人草》。

《虞美人草》的出版与畅销，奠定了夏目漱石在《朝日新闻》崇高的地位。

暮年的夏目漱石追求"则天去私"的理想。1911 年，他拒绝接受政府授予的荣誉博士称号。1916 年，夏目因胃溃疡去世，家属同意将他的脑和胃捐赠东京大学医学部研究。他的脑至今仍完好保存在东京大学。1984 年，他的头像被印在面额为 1000 日元的纸币上。

夏目漱石是日本近代文学史上享有崇高地位的文学家，人称"国民大作家"，他的门下出了不少文人，包括芥川龙之介等。

夏目一生著作丰硕，每一本书都具有特殊代表性：《我是猫》《少爷》《草枕》《虞美人草》《三四郎》《从此以后》《门》《道草》《彼岸过后》《文鸟》《二百十日》《梦十夜》等。

▲早稻田大学"漱石名作的舞台"碑

文学景观

东京：早稻田大学与漱石公园、漱石山房
熊本市：夏目漱石故居

▲早稻田漱石公园的夏目漱石雕像

▲早稻田漱石公园的猫冢

关于《我是猫》

1905 年出版的《我是猫》，作者借由一只善于思索、乐于议论又富于正义的被拟人化的猫，扮演叙述者与评论者的角色，透过猫眼俯视 20 世纪初现代文明浪潮所带来的种种怪异现象，更以冷峻的头脑和犀利幽默的笔触，揭露资本主义社会的丑陋现实，嘲讽资本主义制度下人与人之间的虚伪关系。字里行间夹以妙语警句，极尽嬉笑怒骂之能事，畅所欲言地倾吐郁积已久的不满和怨怼，继而昂扬精神，从充满愁云惨雾的反思中燃起新希望。

中文版本：
《我是猫》，史诗／译，2019 年 6 月，现代出版社。

日文版《我是猫》

《我是猫》的主角叫珍野苦沙弥，是个穷教师，被"非知识分子"认为是个"像牡蛎一般把自己藏在壳里"的人。他只知从书本中讨生活，一有机会便高谈阔论知识可贵。全书以直叙法表现主角甘于寂寞的自负心理，并不时使用旁敲侧击方式揭穿知识分子因清贫而招致社会轻蔑的可悲现实；尤其，作者通过苦沙弥与暴发户金田之间的矛盾与冲突，暴露明治时代的社会黑暗面，以及推崇"金钱万能"思想的炎凉世态。

书中叙述，奉金田之命去窥伺动静的拜金主义者铃木，在与不谙世事而经常直言不讳的苦沙弥的一段对话中，公然宣称："没有和钱一起去殉死的决心是干不了经商这一行的，要赚钱，就非得缺义理、缺人情、缺廉耻不可。"小说犀利讽刺了市侩生存学的丑恶本质。

另则，某一天，苦沙弥饲养的猫偷听到金田与铃木在街角的一段对话，更是耐人寻味。金田见苦沙弥是个不向金钱低头的顽固之徒，心里感到不悦，恶狠狠地臭骂他是个顽固透顶的东西，还扬言惩治他，让他尝尝实业家的厉害。铃木在旁随声附和，讥笑苦沙弥"太傲气""太不识相""根本不懂得盘算自己是否会吃亏"，是个缺乏利害观念且难以相处的笨家伙。

评伦家认为这部小说在艺术表现上，有两个显而易见的特点：其一，作者借猫眼观察世界，他在主人家生活了两年，小说描述诙谐有趣的部分都是这只猫的所见所闻；其二，这部小说没有一般通俗小说的故事情节。夏目漱石说："这部作品既无情节，也无结构，像海参一样无头无尾。"

夏目漱石通过猫眼写下"人未必是何等了不起的创造"的作品，然而，当时日本文坛充斥小市民日常生活、男女爱恋和人情纠葛的题材，似乎再也没别的事物可作为写作材料，而《我是猫》的出现，以及夏目漱石采用的新颖形式，敢于内省自私自利的人类社会并报以辛辣的嘲笑，形成新式创作，自然吸引万千读者的喜爱。事实上，这种以冷峻之心讽刺社会与人性的小说，不仅在当时，就算在现在，乃至整个日本近代文学史上都是不可多得的佳构。

经典名句

- 世人褒贬，因时因地而不同，像我的眼珠一样变化多端。

- 只要抓住两头，对同一事物翻手为云，覆手为雨，这是人类通权达变的拿手好戏。

- 在临危之际，平时做不到的事这时也能做到，此谓"天佑"也。

《少爷》／夏目漱石

想起来，社会上大部分人似乎奖励干坏事，像是认为人们若不变坏，便无以在世上建功立业。

作者·夏目漱石

关于《少爷》

1906 年 3 月出版的夏目漱石的中篇小说《少爷》（日文书名为坊っちゃん，中文又有译为《哥儿》），叙述了个性憨厚单纯、富于正义感的江户青年"哥儿"，用双亲留下的遗产读完物理学校，在校长引荐下，前往四国爱媛县松山市一所初级中学担任数学教师的经历。

到任之后，他发现自己竟然来到一所不好惹的学校：绰号"果子狸"的校长、喜欢穿"红衬衫"的教务长、教务长的跟班美术老师"小丑"、宛如"晚生南瓜"的英语老师、数学老师"豪猪"。这些人在新学期到来时，以"黑暗现象"的行动虎视眈眈地恭候

▲四国松山市道后温泉车站前的"少爷列车"

文学景观

松山市：道后温泉车站、少爷列车、少爷时钟、少爷丸子、松山道后温泉、松山中学校、愚陀佛庵、被叫"透纳岛"的四十四岛、九州太宰府天满宫

▲ "哥儿"常去的道后温泉泡汤

▲松山市道后温泉附近的用以纪念《少爷》的"少爷时钟"

来自江户的"哥儿"前来报到。"哥儿"这个诨名即是这群老师为他取的。老师中，就数大光头的"豪猪"跟他比较投缘。

小说描述哥儿在这所充满"当权者及其追随者丑恶嘴脸"的学校四处碰壁、饱受委屈的遭遇。例如，哥儿值班时，学生蹑手蹑脚地潜伏进入，做出拿蚱蜢扔进蚊帐然后拔腿就跑的怪异行为等。小说语言机智幽默，描写手法夸张滑稽，人物个性鲜明突出，主角哥儿的率直、纯朴和莽撞，反映了庶民的侠义之心。

哥儿的生活信念是："为人要是不像竹竿那样挺得笔直，是靠不住的。"

作者以"我"为第一人称写成本书，更加平易近人，属于清爽、明朗、健康的作品。哥儿被塑造成一个"行动正义派"的江户男儿，具同情心，所以，当有朝一日成为乡下教师后，强烈感受到自己的率直与豪爽在现实社会根本行不通。此外，作者渲染教师之间的权谋、因循苟且和盲从、学生的肤浅和无耻、乡下人的无知与狡猾等，都在书里以类型化、讽刺性的方式生动地彰显出来。

哥儿喜欢痛快淋漓地斥责"坏人"，他憎恶教务长"红衬衫"和美术教师"小丑"暗中搞阴谋诡计，根本是"败类"。不过，由于他为人单纯，欠缺人生历练，容易陷入别人设下的圈套分不清是非曲直，更无法辨明谁是好人谁是坏人，故而时常受骗上当。

如果说，夏目漱石的《我是猫》是揭露明治时期的社会百态，那么，《少爷》则是专事揭露学校教育问题。

校长"果子狸"是个伪善者，他以模范教育家自居，伪装出

"倘若教育活了起来，穿上了礼服，应该就是我"的神圣模样。哥儿初到学校就任，他便提出老师要做学生的模范，非成为全校的表率不可，学问以外若不以身作则、以德化人，就不能成为好的教育者等一些虚假又好笑的要求，致使憨直的哥儿一时不明所以，很想立刻辞职逃开。

小说的结局，哥儿和"豪猪"两人"替天行道"，抓住"红衬衫"和"小丑"嫖妓的证据，狠狠痛揍了两个坏蛋，并在气势上压倒对方，迫使对方连报警的勇气都没有。然而，他们的胜利也只是暂时的，因为"红衬衫"和"小丑"虽遭痛殴，却仍高踞地盘，哥儿和"豪猪"固然出了一口闷气，终究不得不退出这块是非之地。"豪猪"先是被迫提出辞呈，哥儿也在事后"主动"辞职，离开松山回到东京，在街道电车担任技师，跟阿清婆婆过着

日文版《少爷》

中文版本：

《哥儿》，陈德文／译，2017 年 4 月，上海译文出版社。
《少爷》，竺家荣／译，2020 年 1 月，时代文艺出版社。

清苦日子。

《少爷》充分倾吐对教育界的感受，自始至终都是认真的，就因为过于认真，使得整本书显得不仅滑稽，而且好读好看。

截至今日，这本书在日本依然畅销热卖，名列"日本文学百年名作榜首"，中文译本一样畅销，不少读者对夏目漱石的印象大都来自这本让人拍案叫绝的书，以及那个被戏称"哥儿"的江户男儿。

经典名句

- 想起来，社会上大部分人似乎奖励干坏事，像是认为人们若不变坏，便无以在世上建功立业。

- 人最重要的是诚实、率直和纯朴。

- 若问人生的定义是什么，无他，只要说"妄自捏造不必要的麻烦来折磨自己"，也就足够了。

- 如果脏了还用，不如一开始就用带颜色的。白的就要纯白才行。

13

沉溺在感情深渊中

《虞美人草》／夏目漱石

自己的世界与别人的世界交叉时，有时两个世界会同时崩溃甚至绽裂。

作者·夏目漱石

关于《虞美人草》

1908 年出版的《虞美人草》，讲述了一段发生在四个家族之间同父异母的兄妹也即甲野和藤尾兄妹、亲戚宗近和系子兄妹、小野、小野的恩师孤堂先生和女儿小夜子之间的畸恋。

20 世纪初，日本正从封建体制转向资本主义，人们对西洋文化极尽崇拜，青年男女疾呼思想解放，尤其上流阶层偏爱以西方文化为地位象征，于是促成一批思想前卫、行事独特的年轻人的出现。

故事描述外貌美丽、内心高傲的外交官女儿藤尾，是个以自我为中心的新时代女性，自小接触西方教育，学识出众，谈吐优

▲ 主角到比睿山上远眺琶
琵湖，图为比睿山延历
寺东塔

文学景观

京都：比睿山、岚山保津川下游

▲ 闻名的保津峡车站

▲ 主角曾到壮阔的保津川峡谷游玩

日文版《虞美人草》

雅。父亲死后四个多月，与母亲合谋，千方百计要将同父异母的哥哥甲野逐出家门，以便独吞家产。甲野看穿藤尾和继母的心思，厌恶这种钩心斗角的行为，遂将全部家产让给妹妹，只身出走。

藤尾像日本古画中袅袅婷婷的美人，看似气质如兰的她，内心深处却澎湃着一股可怕而炽烈的情感，放任自己沉溺在感情深渊中。

藤尾只懂得拥抱自己的爱，从未想过为别人而爱；只想戏弄男人，绝不愿被男人操纵。她抛弃长期以来一心一意接近她的宗近，觉得宗近既不易驾驭，又没才干，不是她心中理想的对象，更愿意以浓艳的装扮迷惑有才华的小野。

与此同时，小野既迷恋藤尾如花的美貌，又觊觎她丰厚的家产，如醉如痴，整个人六神无主，无视多年以来费尽心血栽培他的老师孤堂先生之女小夜子对他纯真的爱慕，残酷绝情地拒绝已订立五年的亲事，不顾毁誉，执意要跟藤尾结合。

好友宗近出于一片诚心，严厉指出小野所提跟小夜子没正式婚约，纯属无稽之言，他明示小野认清藤尾玩弄爱情的真相。果然，小野不久后醒悟，断绝跟藤尾的关系，和小夜子重修旧好。藤尾恼羞成怒，玩火自焚，最后落入绝命身亡的悲惨结局。

这种如弗洛伊德所谓"厄勒克特拉情结"（恋父情结）的情绪，不应任其发展。它看来是如此不具道德性，就像艳丽却脆弱的虞美人草，使人在谴责中深感遗憾。藤尾任由这种充满危险的感情像巨浪般吞噬自己，以致得知真相后，她的内心如烈火焚烧。这时，虚荣与骄傲的畸恋形同毒药，令她中毒身亡。

《虞美人草》的文体深具特色，属于"俳句连缀式"写作。小说充满发人深省的警句，巧妙贴切的譬喻、生动感人的抒情，俯拾皆得，随处闪现夏目的才气。绚烂的文采、映衬戏剧性的故事情节、对照鲜明的人物性格，实为夏目文学才华的高境界。

《虞美人草》是夏目漱石进入《朝日新闻》报社后的第一部连载小说，发表后不久，立即引起广大回响，奠定了他在《朝日新闻》报社崇高的地位。

据称，《虞美人草》是在 1906 年 12 月 27 日，夏目迁居本乡西片町时所写。夏目在那里住了一段时间，所租房子的屋主是个贪心的人，眼见夏目在民间的声望越来越高，不断提高房租，从每个月 27 日元涨到 30 日元，随后又涨到 35 日元。夏目愤慨难耐，便在脱稿写完《虞美人草》的 1907 年 9 月 29 日，举家搬迁到早

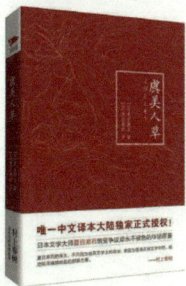

中文版本：

《虞美人草》，[日]茂吕美耶／译，2013 年 5 月，北京联合出版公司。

《虞美人草》，陆秋实／译，2018 年 9 月，陕西师范大学出版社。

稻田南町的"漱石山房"。

经典名句

- 因为我深知悲剧的伟大，才想让她们体会悲剧的伟大力量，让她们彻底洗涤横跨三代的罪孽。
- 我并非因恐惧而束手或闭目，只是私下认为大自然的伟大制裁比人的手眼更亲切，能让人在眨眼间看清自己的真面目。
- 爱情建立在自以为具有被爱资格的自信的基础上。
- 所谓讨人喜欢，是一种能击败强大对手的柔软武器。

14

作者·石川啄木

《一握砂》／石川啄木

一生中不会再回来的是生命的一秒，我珍惜那一秒，不想让它逃走。

　　1886 年 2 月出生于岩手县的石川啄木，是明治时代诗人、小说家、评论家，本名石川一，别号白苹、林中人。出身贫苦家庭，少年时代背井离乡，过着颠沛流离的生活。曾任小学教师、新闻记者、报社校对。石川啄木创作初期的短歌带有浓烈浪漫主义色彩；后来写作小说，由浪漫主义转向自然主义。1911 年，他因不满明治政府迫害先进人士，遂倾向批判现实主义。1912 年因肺结核病逝，享年仅二十六岁。

　　石川啄木自喻，和歌是他"悲伤的玩具"。他后半生面临婆媳不和、妻子离家、幼子夭折、社会言论不自由、文学事业不得志、四处借钱度日的困境，内心产生极大苦闷。面对苦难生命，石川啄木亦曾有过寻死的念头与放浪逃避的心态，最终受到文学意识与创作热情影响，坚信理想，在熟悉的和歌志业中执着探寻艺术价值。

石川啄木短暂一生的文学创作，有短歌集《憧憬》《叫子与口哨》《可悲的玩具》《一握砂》，小说集《病院的床》《鸟影》，以及对自然主义提出批判的评论集《时代闭塞之现状》。他对日本文坛最大的贡献是革新古典诗歌，打破短歌一行诗的陈规，独创取材自日常生活、浅显易懂、朗朗上口，散文式三行短歌的写作形式。由于诗风优美、自由，他博得"国民诗人""生活派诗人"的称号。

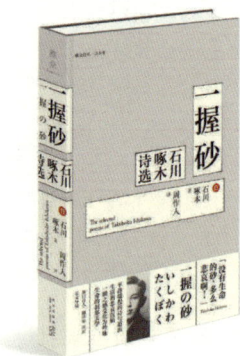

中文版本：

《一握砂》，周作人／译，2018 年 8 月，新星出版社。

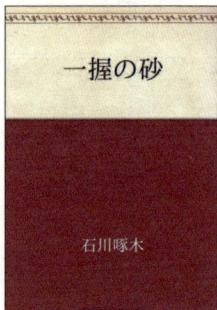

日文版《一握砂》

关于《一握砂》

1910 年出版的《一握砂》，是石川啄木的短歌作品集，收录了《一握砂》、遗作《悲伤的玩具》共 745 首短歌。这些短歌忠实而朴素地记录他一生思想与生活片段中的涟漪及一刹那间的感受，从而得见他被生活压迫的苦楚，以及隐藏在乌云背后微微透出的执拗的信念之光与激动心怀。

这本书是石川啄木突破短歌形式、脍炙人口的重要创作，令后世传诵不止。

▶ 石川啄木与妻子节子

▶ 位于岩手县盛冈市的石川啄木纪念馆

　　全书包括《一握砂》等短歌共计551首，涵盖了从1908年到1910年的诗作，编为《爱我之歌》《烟》《秋风送爽时》《难忘的人》《脱下手套时》五部分，是石川啄木重要的抒情诗作，呈现了他的少年往事到生命晚期受肺病与家庭困苦折磨的生活回忆，以及思乡之情，是作者诗歌艺术的缩影。第二部分《悲伤的玩具》收录短歌194首，创作于1910年11月末到二十六岁临死之前，诗行中充满苦闷之情，又传达了对理想的艺术价值的坚定信念。

经典名句

- 想要愉快地 / 称赞别人一番 / 寂寞啊 / 对于利己心感到厌倦了。
- 把发热的脸颊 / 埋在柔软的积雪里一般 / 想那么恋爱一下看看。

15

《罗生门》／芥川龙之介

大家都想求生存不是吗？

作者·芥川龙之介

　　1892 年出生于东京市京桥区入船町的芥川龙之介，父亲新原敏三在入船町八丁目以贩卖牛奶营生。芥川出生八个月后，患有精神病的母亲突然发狂，无力照料婴孩，他便被送往母亲的娘家抚育，后来又被过继给舅舅当养子，改姓芥川。

　　芥川家族充满浓厚的江户文人气息，喜好文学戏剧，龙之介亦受其熏陶，终其一生，都拥有厚实的人文底蕴。龙之介六岁时被送到江东寻常小学就读，1913 年考入东京大学，学习英国文学，并开始写作，处女作《老年》发表在菊池宽等人创办的《新思潮》月刊。1915 年于《帝国文学》发表短篇小说《罗生门》，并未受到重视。

▲原名罗城门的罗生门是平安京时代最大的城门

文学景观

京都：罗城门遗迹、朱雀门遗迹、大极殿遗迹、
　　　奈良平城宫遗迹朱雀门、朱雀大道、
　　　东寺、西寺遗迹

▲罗城门遗迹旁的矢取地藏庵

▲罗城门旧址

1916 年芥川从东京大学毕业，论文《威廉·莫理斯研究》成绩在同届二十人中位居第二名，并获得教授英文的资格。后来到报社担任编辑维生。随后，他在《新思潮》发表短篇小说《鼻子》，夏目漱石读后赞赏不已，对他颇多鼓励。不久，芥川成为夏目漱石少数入门弟子之一。他写作小说同时也创作俳句。1918 年发表《地狱变》，讲述平安时代一个残酷的故事，通过画师良秀及其女儿的遭遇，反映纯粹的艺术，以及无辜人民受到邪恶统治者残酷无情的摧残。

1921 年，芥川龙之介受《大阪每日新闻》所托，前往中国旅行三个月。这次的任务艰巨、繁重，加之自身的压抑，芥川身染多种疾病。自此，后半生为胃肠病、痔疮、神经衰弱、失眠症所苦。返回日本后，1922 年发表《竹林中》。《竹林中》与安布罗斯·比尔期的《月光下的一幕》结构类似，都是在为某案件的调查中采集多方证词与说法；不同的是《月光下的一幕》最后澄清事实，而《竹林中》呈现的证词既相互印证又相互矛盾，大都能自圆其说，弥漫着压抑、彷徨和不定向的气氛。后来，芥川躲到汤河原的中西屋静养。

由于神经衰弱的病情逐渐恶化，芥川龙之介经常出现莫名的幻觉，加上当时社会形势，没有绝对言论自由，他的写作也受到压抑。《河童》的出现，便是他此期的杰作。

1923 年，芥川龙之介开始创作随笔评论集《侏儒的话》，作品短小精悍，每段只一两句话，却意味深长。1927 年 7 月 24 日，芥川龙之介因"模模糊糊的不安"服用大量安眠药自杀身亡，骨灰存于东京染井法华宗慈眼寺，时年三十五岁。

芥川龙之介一生短暂，每一篇作品都贯穿着人世孤独和人生寂寞。去世后，其作品受到世人青睐，大放异彩，包括《老年》《罗生门》《竹林中》《鼻子》《芋粥》《地狱变》《南京的基督》《轨道列车》《河童》《齿轮》《某傻子的一生》《西方的人》等。

关于《罗生门》

《罗生门》是芥川龙之介最受世人瞩目的短篇小说，题材选自12 世纪初平安时代末期的民间故事，旧称《宇治大纳言物语》的《今昔物语集》第二十九卷第十八话《罗城门登上层见死人盗人语》部分情节，作者以超绝的丰富想象将历史故事寓意写成，发表于 1915 年 11 月，属于探讨乱世中贪婪人性的经典之作。

"罗生门"又作"罗载门"，原意是"京城门"。罗城门旧址在京都朱雀大道南端的罗城门，指的是 7 世纪日本皇宫所在地平安京的城楼，由于皇室衰颓，天灾内乱频仍，罗城门年久失修，徒然成为一座衰落颓败的破墟城楼。

这座城楼正是芥川写作《罗生门》小说的背景地。

古本《今昔物语集》写的是平安时代末期，一个被主公解雇的仆役为了躲雨傍

日文版《罗生门》

晚时分爬上罗城门，看见一名老妪正在拔取城楼上一具无名尸的长发，准备编织成假发变卖换钱。

芥川将故事改写成这个仆役出面抓住老妪，质问她亵渎尸体的行为。老太婆辩称这个死人生前曾把蛇肉假装成鱼肉出售用以维生，并认为"自己也是为了求生存才拔取死人头发"。饥肠辘辘的仆役听到这段话，心中转念一想："大家都想求生存，不是吗？"瞬间变成强盗，打昏老太婆，剥去她身上可以变卖的衣物，趁天黑逃离现场。

《罗生门》全篇小说以罗城门为场景，描写充满私欲、为求生存、利己主义的丑陋人性，却又无法也不能摆脱弱肉强食的现实与残酷世界。作者深入剖析了生活在困厄时局中的人，陷入生存

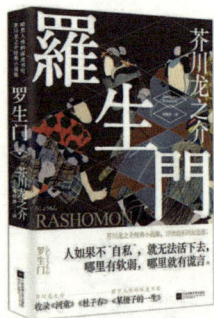

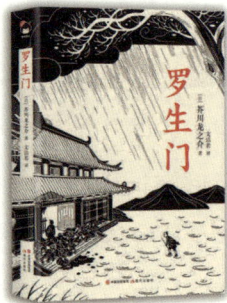

中文版本：

《罗生门》，林皎碧／译，2017 年 8 月，江苏文艺出版社。

《罗生门》，林少华／译，2019 年 4 月，上海译文出版社。

《罗生门》，文洁若／译，2019 年 3 月，现代出版社。

与伦常的矛盾，为求活命不得不违背良心而逐渐堕落，恶行尽现。全文简短，文字生动，行文明快简洁，寓意深长，成为芥川文学风格的代表作。

经典名句

- 这是一个人不如狗的世界，谁要不自顾就活不成。
- 我们掩耳盗铃的做法并不局限于恋爱，除去某些差异，基本上我们都是在欲望的驱使下对种种事实真相进行篡改。
- 我们必须在跟人生的抗争中学习对付人生。如果有人对这种荒诞的比赛愤愤不平，最好尽快退出场去。

《晴日木屐》／永井荷风

无论天气如何晴朗，若无木屐和蝙蝠伞，心就难安。

作者·永井荷风

1879 年 12 月 3 日永井荷风出生于东京市文京区春日二丁目，本名永井壮吉，号金阜山人、断肠亭主人等。少时受喜爱歌舞伎的母亲影响，进入岩溪裳川门下学习汉诗，师从荒木古童学习尺八，是明治时代的小说家、画家、戏剧家。

1897 年，永井荷风随父亲到上海小住，体验中国文化，回国后发表随笔《上海纪行》，被视为其处女作。因深受 19 世纪法国自然主义作家左拉影响，写作风格侧重实录生活信念。1902 年发表《野心》《地狱之花》等充满自然主义思想的小说。1904 年留学美国，继承父志从事银行业。

自少年起，荷风即崇拜唯美主义，借抒发思古幽情的文字表达对现实不满；并通过描写风俗和艳情，抵制世风日下的残酷人性。他的唯美主义从创作伊始，便夹杂不少自然主义色彩，《地狱之花》《断肠亭日记》《法兰西物语》等作品出版后，他和谷崎润一郎、佐藤春夫被誉为"日本唯美主义三代表"。

荷风十分欣赏谷崎润一郎的文学，执意把他当成自己的文学继承者。不过，谷崎润一郎非但没继承荷风对文明批判的精神，且始终坚持追求女性美至高无上的态度，并沉溺于男性对于女性美性无能的执拗。不过，世人仍认定谷崎润一郎即是永井荷风的私淑弟子。

以下是被谷崎润一郎形容为"荷风散人"的永井荷风的七绝之作：

> 卜宅麻溪七值秋，
> 霜余老树拥西楼。
> 笑吾十日间中课，
> 扫叶曝书还晒裘。

谷崎甚至通过小说《疯癫老人日记》的情节，表达对永井荷风字画的意见：

> 荷风的字和汉诗并不算很好，但他的小说是我最喜爱的之一。这幅字画是从一个画商那儿买来的，听说有

▲永井荷风曾散步的东京隅田川

文学景观

东京：隅田川、浅草寺、宽永寺、上野公园、安藤坡、
御茶之水、九段坡、有乐町、银座

▲东京浅草区浅草神社

▲东京浅草观音寺五重塔

一个人模仿荷风的字乱真不可辨，所以这幅字画真假莫辨。战前，荷风一直住在离这里不远的市兵卫町一幢木头房子，号称偏奇馆，所以才有"卜宅麻溪七值秋"一句。

永井荷风的重要作品大都以江户情调描写东京的花街柳巷，如《濹东绮谭》，被喻为"孤独的漫游者"。1959 年 4 月 30 日永井荷风因胃溃疡吐血，窒息死亡，得年八十。其代表作有《狐》《梅雨前后》《断肠亭日记》《晴日木屐》（日语原名《日和下駄》，也有译为《东京散策记》）等。

《晴日木屐》

1910 年，永井荷风在文学家森鸥外与上田敏的推荐下，受聘庆应义塾大学文学系任教，教授法国文学。闲暇时，他偏爱独自到东京市街散步，足履木屐，手持蝙蝠伞、黑提包，走后街，穿斜巷，行遍繁华下町、隅田川、浅草等，眺望生活风景，游览喧哗的日光街道，冷眼旁观众生相，并对当代东京从街道景观、人情风物、生活态度等方面不断模仿西方都市感到深恶痛绝，形容那是"空洞的西洋式伪文明"。

日文版《晴日木屐》

《晴日木屐》共 11 篇，从大正三年（1914 年）夏，陆续在《三

田文学》月刊发表，次年冬印成单行本。全书分《日和木屐》《淫祠》《树》《地图》《寺院》《水附渡船》《小巷》《闲地》《悬崖》《坂坡》《夕阳附富士眺望》等篇。

中文版本：
《晴日木屐》，陈德文／译，2020 年 1 月，华东师范大学出版社。

日语"日和下駄"本是木屐的一种，意为晴天屐。普通的木屐两齿幅宽，全屐则仅用一块木头雕成；晴天屐的齿是用竹片另外嵌上去的，趾前有覆，便于践踏地上泥水。因此，虽称晴天屐，实际乃为晴雨两用屐。荷风说：

> 春天看花的时节，午前的晴天到了午后二三时必定刮起风来，否则从傍晚就得下雨。梅雨期间可以不必说了，入伏以后更不能预料什么时候有没有骤雨会沛然下来。

"荷风习习，屐声叩叩"，荷风在东京旧街道散步，成为美学的感悟纪行，以及追忆往昔岁月的感官凭借。用他的话来形容：

> 仅是一种时刻想追求寂寞而禁止不了的情欲而已。

经典名句

- 我一如既往，足履木屐、手持蝙蝠伞信步而行。
- 举目青叶山，杜鹃声中品鲣鱼。
- 日本的大自然，到处都有强烈色彩。

作者·森鸥外

《山椒大夫》／森鸥外

人人都是平等的，都有权利幸福。

　　1862 年森鸥外出生于岛根县津和野町一个藩主侍医家庭。本名森林太郎，号鸥外，别号观潮楼主人、鸥外渔史。森鸥外从小受到良好的国学、汉学和兰学 [1] 教育，1882 年自东京大学医学部毕业后，受命为陆军军医副中尉，于东京陆军医院服务。他行医之余，经常提笔写作，是日本明治至大正年间的小说家、评论家、翻译家、军医、官僚。

　　森鸥外二十七岁结婚，翌年离婚；三十七岁因故遭降级，调职小仓；四十岁再婚。森鸥外与同他文学地位齐名的夏目漱石缘

1　18—19 世纪日本锁国时代从荷兰传入日本的西方科学文化知识统称为"兰学"。

分深厚，1890 年他住过一年多的房子，正是夏目漱石于 1903 年到 1906 年三年间写作《我是猫》时居住的屋子。

1884 年，森鸥外赴德国留学，受到叔本华与惠特曼的美学思想影响至深，成为他后来从事文学创作的理论依据。1888 年回国后，历任军医学校教官、校长、陆军军医总监、陆军省医务局长等职。不久，他将留学期间跟一名德国女子的悲恋故事，写成处女作小说《舞姬》。《舞姬》一书甫出版，书中女主角爱丽丝便千里迢迢追到日本，但碍于专制官僚体制和封建道德的压力，森鸥外避不见面。最后经过森鸥外家人劝导，爱丽丝伤心返国，差点酿成一场爱情悲剧。

森鸥外的作品偏重体现当代伦理道德观，反映明治时期上层知识分子思想上的矛盾。他初期作品文笔优美、抒情气氛浓郁；后期作品，特别是历史小说，侧重冷峻客观的笔触。

身为明治政府的高官、上层知识分子，森鸥外的思想既有前卫的一面，也不乏因循局限。森鸥外自称是"留洋回来的保守派"，一方面以调和与妥协作为自己的处世原则；另一方面，西方的自由思想和民主精神也深刻地影响着他，两者始终交织在作品之中。

森鸥外著作有《舞姬》《魔睡》《阿部一族》《大盐平八郎》《安井夫人》《山椒大夫》《高濑舟》《寒山拾得》等，其中，《泡沫记》和《信使》被认为是日本浪漫主义文学的先驱之作。1922 年 7 月 19 日森鸥外因病逝世。

关于《山椒大夫》

　　1915 年出版的《山椒大夫》，讲述平安末期廉政爱民的官员平正氏遭诬陷被流放到荒僻之地筑紫，某天他的妻子带领两个孩子和女仆动身前往筑紫探视，盼望局势好转，一家团聚。没料到母子三人才上路不久，正苦于无处栖身，因误信陌生人而被人贩子拐骗，一家人惨遭拆散。母亲被卖到佐渡当妓女，儿子厨子王与女儿安寿被卖到丹后的山椒大夫家当奴隶。山椒大夫家有三个孩子：大儿子离家出走，远行他方；二儿子尚且有些人性，稍有怪异行为；三儿子的脾气不好，常常虐待奴仆。

　　时间一天一天过去，困在山椒大夫家当奴隶、遭暴力粗鲁对待的姐弟俩受尽苦难，一直默默忍耐。他们思念父母，一心期盼有朝一日可以解放奴隶身份。某日，姐姐安寿精心计划引开大夫家的守卫，协助弟弟厨子王逃脱。

　　厨子王逃离山椒大夫家之后，幸运遇到父亲当朝时的老友师实，得知自己是皇族平正民的嫡子。随后意外获悉父亲早已去世的噩耗，不久封典，被任丹后国守。新官上任的厨子王，心思转折，顾不得职权分际与法律疑义，直接颁布法令要求终结奴隶买卖，

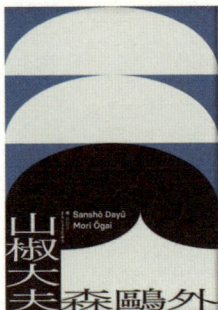

中文版本：
《山椒大夫》，高詹灿／译，台湾麦田出版社。

日文版《山椒大夫》

并亲自前往山椒大夫家要求放走奴仆以救出姐姐安寿，不料安寿早已在协助弟弟逃离后投水自尽身亡。厨子王伤心之余忍悲完成任务后，前往佐渡寻找母亲。

《山椒大夫》以当代人尚且不明白何为人的价值为主旨，无论小说还是原著改编的电影，都是不少中文系、日文系指定必修课程内容之一。《山椒大夫》被一致认为确实展现了关怀、体现人的价值，诚如小说所述，遭流放他乡异地的丢官的父亲，临行前叮咛孩子的话：

《山椒大夫》电影海报

电影《山椒大夫》，1954 年 3 月 31 日发行，大映制作，沟口健二监督，田中绢代、花柳喜章、香川京子、进藤英太郎等主演，荣获第十七届威尼斯电影节金狮奖与银狮奖。

> 一个没有同情心的人不是人。要宽以待人，严以律己。

经典名句

- 人不知道何谓人的价值。
- 人人都是平等的，都有权利幸福。

《高瀬舟》／森鸥外

因为没有教化，草民成了没有恶意的杀人犯。

作者·森鸥外

关于《高瀬舟》

　　森鸥外的短篇小说《高瀬舟》于 1916 年 1 月发表于《中央公论》，取材自江户时期的随笔集《翁草》中一篇小故事《流浪犯人的故事》。描写罪犯喜助看着知恩院的樱花在暮色钟声里缤纷飘零的静谧黄昏，于京都高瀬川的囚船上讲述自己辛酸的过往经历。

　　喜助叙述，自幼父母双亡，与弟弟相依为命，住在一间破败的窝棚。两人每天外出打工赚钱，兄弟相互扶持，形影不离。一天，弟弟罹病丧失劳动能力，仅靠喜助微薄的收入艰难度命，弟弟因不堪贫病折磨，为减轻兄长负担，自刎未遂。随后他在弟弟的恳求下，协助他结束生命，因而被判罪流放。喜助甚至认为，

▲高濑川立碑

文学景观

京都：高濑川、高濑川一之船入

▲小说《高濑舟》所指的高濑川

▲ "一之船入"的古木舟，里面满载酒樽

当囚犯比原来的际遇还要好很多，因而处之泰然，不以为意。

喜助对解差说道："京都是个好地方。就自己的境遇而言，京都不是人间地狱。因为太贫困，居无定所，四处漂泊，拼命找活儿干，收入极少，饮食不继，日子苦不堪言。今朝被流放，对自己来说是一件天大的好事。自己终于有了落脚地，从此再也不必到处流浪，有饭吃，还可以领到两百文钱，这是出生至今从未有过的幸福生活，所以由衷地感到知足。"

解差听完喜助的讲述，不禁怀疑："这能算杀人吗？"他心生慨叹：同情是一种爱，这种爱使人对他人的幸福感到快乐，对他人的不幸感到痛苦。

以这个事件为起点，作者进而深入揭示封建幕府时期社会底层人民的生活惨状。《高濑舟》被作者认为是"脱离历史"的历史小说写作，但史料表明确实存在该类事件，便成为历史现象的报导。故事背景地设定在古代京都，解差押解囚犯乘坐高濑川特有的平底船"高濑舟"到大阪，然后流放到远方小岛律例为蓝本。叙述囚舟经高濑川越过加茂川往东漂行，被押解在船上的罪犯没有亲友陪伴登船，而跟解差通宵达旦倾诉往事和犯罪经过，反映了生

中文版本：
收录于《舞姬》，高慧勤／译，2016 年 7 月，陕西师范大学出版社。

日文版《高濑舟》

活在社会底层的小人物悲苦生命的诸多面向。

　　森鸥外在文学创作后期执意放弃反映社会现实题材的写作，独辟蹊径倾心开创历史小说创作先河。

　　《高濑舟》便是其中彰显历史与现实的矛盾冲突，以及宣扬超逸脱俗思维的短篇之作。作者尝试以悲剧美学，通过文学叙事对主角遭遇的不幸、抗争行为，以及潜在的精神超越等要素，呈现唯美的历史悲剧氛围。

经典名句

- 同情是一种爱，这种爱使人对他人的幸福感到快乐，对他人的不幸感到痛苦。
- 穷时急，饿时吵。
- 仰望夜空的庄兵卫，头顶上仿佛放出了亮光。

19

把灵魂出卖给魔鬼

《地狱变》／芥川龙之介

你得仔细观看，看她的雪肤花容，在火中焦烂，满头青丝，化成一蓬火炬，在空中飞扬。

作者·芥川龙之介

关于《地狱变》

《地狱变》是芥川龙之介于 1918 年发表在《大阪每日新闻》上的中篇小说。此篇小说是根据《今昔物语集》第二十八卷中的一则故事，以及《宇治拾遗物语》中一段与之相似的故事《绘佛师良秀》以现代日语改写而成。

小说讲述平安时代画师良秀与一幅名叫《地狱变》的屏风画的故事。

诨名"猿秀"的画师良秀虽重视艺术，但不善想象，仅能画些亲眼所见之物。良秀为精进画艺，曾在路边描绘尸体，或以毒蛇攻击戏弄跟他学画的弟子，以此作为素材。

除了作画，他最担心的事，莫过于在堀川大公的府邸担任侍女的女儿。他想用画作把女儿赎回，却得不到堀川许可。堀川认为，与其把良秀的女儿放在有怪癖的父亲身边，倒不如留她在府邸，让她过着自由自在的生活。

日文版《地狱变》

一天，堀川大公忽然叫来良秀，异想天开地要他画一幅《地狱变》屏风。这事让良秀苦恼万分。

良秀苦于画不出一位贵妇在火焰地狱中痛苦的神情，请求堀川大公提供"被点燃大火的蒲葵车里坐着一名贵族装扮的艳丽女人"的实景。堀川大公顺从良秀之意，还称许良秀不愧是天下第一的画师。

然而，直到王爷焚烧蒲葵车，为良秀"制造地狱景象"时，良秀才发觉蒲葵车内被锁链捆绑的"贵妇"竟是自己的女儿。

然而，良秀死心眼地为画成《地狱变》屏风，不惜让女儿在自己眼前被活活烧死，他的铁石心肠遭到世人非议。有人骂他只知道绘画，连一丁点儿父女情都没有，真是人面兽心。其中一位横川方丈是发出这种评论的代表人物之一，他说："不管技艺多高明，作为一个人，违反人伦五常，就该落入阿鼻地狱。"

一个月之后，《地狱变》屏风终告完成，良秀立即将它送到堀川府邸，请大公鉴赏。恰巧横川方丈在座，一看屏风上的图画，果然狂风烈火，漫天盖地，不觉大吃一惊。屏风一角，画着小小

▲位于五条大桥与榎桥之间的河原院遗址，在小说中是"百鬼夜行"的发生地

文学景观

京都：京都御所、葵祭、下鸭神社、上贺茂神社、河原院
遗迹、仁和寺、二条大宫、晴明神社

▲为替良秀找寻绘制《地狱变》屏风的
灵感，大公在雪解殿火烧蒲葵车

▲京都三大祭之一的"葵祭"活动中装饰葵叶与流苏的蒲
葵车

的十殿阎王和部属形象，其余便是一片惊人火海，火飞卷起，连刀山剑树都烧融成熊熊火海。所以，除了冥司穿着汉式衣裳，点缀黄色、蓝色小点，到处都是烈焰漫天的光景，那泼墨的黑烟和撒金粉的火花简直就像"卍"字，在红焰中猛烈盘旋不已。

光是那笔法已够让人触目惊心，再加上被烈火焚身、痛苦挣扎的灵魂，真是可怕。图中的情形，在一般的地狱图是无法得见的。

从此，堀川府邸再也没人说良秀的坏话了，凡见过这座屏风的人，即使平时最嫌恶良秀的人，也受到他走火入魔的影响，强烈感受到火焰地狱的大苦难。正当众人还在为良秀屏风绘画的技艺高妙慑服的第二天晚上，良秀却在自家屋里悬梁自尽。

失去独生女，良秀已无法安心独活，他的遗骸埋在自家房屋的遗址上。至于那块小小的墓碑，经过数十年风吹雨淋，已长满苍苔，俨然已成荒冢。

"为了写出不凡的作品，有时不得不把灵魂出卖给魔鬼。"芥川龙之介的《地狱变》以极端的悲剧理念，描述了权力与艺术的对峙。

1969 年，导演丰田四郎将《地狱变》

中文版本：

《地狱变》，楼适夷、文洁若等／译，1999 年 1 月，解放军文艺出版社。

《地狱变》，青禾／译，2018 年 9 月，江苏文艺出版社。

改编搬上银幕，由中村锦之助饰演堀川大公，仲代达矢饰演画师良秀，内藤洋子饰演女儿良香，剧情反映平凡老百姓遭受邪恶统治者的暴虐欺凌。电影中，王爷倾心良秀的女儿，意欲将其占为己有却无法得逞，最后将她烧死。电影结局，导演让良秀自戕后的冤魂，带着怨恨去向堀川大公索命，大公的精神大受刺激，终在《地狱变》屏风前跌入阿鼻地狱。

小说流露了芥川"艺术至上""呈现人性"的创作意识，呈现了他一贯的神经质，是一种未置可否的悲惨哲学。

经典名句

- 人生，比地狱还像地狱。
- 你得仔细观看，看她的雪肤花容，在火中焦烂，满头青丝，化成一蓬火炬，在空中飞扬。

掩饰现实中自己的软弱

《竹林中》／芥川龙之介

软弱何在，谎言就何在。

作者·芥川龙之介

关于《竹林中》

《竹林中》是芥川龙之介发表于 1922 年《新潮》月刊 1 月号的短篇小说，日文原名《薮の中》。"薮"字有二解：一为密生杂草的湖泽、沼泽；一为草野、乡野。

《竹林中》取材自《今昔物语集》第二十九卷第二十三话《具妻行丹波国男于大江山被缚语》。讲述一名武士被杀，身殁竹林，与死者相关的每个人在接受盘查时，对事件真相说法不一，使得情节错综迷离，充满悬疑。

小说中，一名武士无端陈尸竹林，案件披露后，检非违使[1]召来七个相关人员进行讯问，作者以告白的形式，借由七个嫌疑犯——最早发现尸体的樵夫、路过的僧侣、老妇人、办案官差、被捕的强盗、忏悔的妻子、借灵媒之口出现的武士亡灵的证词来呈现案情，七个人各执一词，相互印证的同时又相互矛盾，使案情扑朔迷离。真相在京都山科竹林中若隐若现。

最早发现尸体的樵夫说："确实是我发现了那具死尸，现场遗留物品是绳子与女用梳子，没看见马和刀。"

路过的僧侣说："我是出家人，对这种事不大清楚。男人是……不不，那男人不但佩戴着刀，也携着弓箭。我现在还记得，他那漆黑的箭筒里插着二十来支战箭。还有，凶案发生前一日，在路上遇到该男子与一名乘坐在马上的女子。"

办案的官差说："强盗多襄丸被捕时穿着死者的衣服，带着死者的太刀和弓箭，骑着马，没看见女子。"

老妇人说："死者是若狭国国府的武士金泽武弘，是我的女婿。与他同行的女子是死者的妻子真砂。"

强盗多襄丸的自白："杀人者正是我本人，我贪恋武士身边女子的美貌，因而诱骗武士，将他捆绑，以便占有女子的身体。把武士的女人强暴后，我本没打算杀害武士。直到后来，女子要求嫁给真正的强者，我就给武士松绑，光明正大地决斗二十三个回

---

1 日本古代官名，律令制下的令外官之一，管辖京都的治安维护、缉拿审判及解决平民贵族的民事问题等。

合，最终武士被杀。人是我杀的，请处我死罪。"

被害者的妻子从清水寺来，她忏悔道："因为在丈夫面前被盗贼强暴，感到羞耻，所以用手中的小刀将丈夫杀掉，本想随后自

▲《竹林中》故事发生地京都山科

文学景观

京都：山科竹林、粟田口、清水寺、关山、若狭国

▲多襄丸骑的马匹从三条粟田口的石桥上摔下来

▲粟田口青莲院门遗迹

杀，却又办不到。"

附身灵媒的武士鬼魂的告白："事情发生后，妻子对我的存在感到厌恶，怂恿强盗杀我。强盗因而愤怒，询问我是否要杀了妻子，妻子察觉到危险就丢下我逃跑。竹林中只剩我一人，我绝望至极而厌世，所以用妻子遗落的小刀自杀。"

改编自《竹林中》和《罗生门》的电影《罗生门》，三船敏郎主演

武士的说辞，显示他想保持士族形象，与其被杀，不如自戕才是武士精神；至于女人，她意在显示自己贞洁的形象，因不甘受奸淫之辱而把丈夫杀死后打算自杀，表现出被污辱的只是肉体，灵魂仍是贞洁无瑕；强盗多襄丸则表现出武艺高超的强者的形象，武士不过是他的手下败将。

小说中的每个角色，应讯时各怀鬼胎，各说各话，从他们的说辞中根本得不出真相。唯一能肯定的是，每个人都借由说谎来展现理想中的自我，借以掩饰软弱的一面。

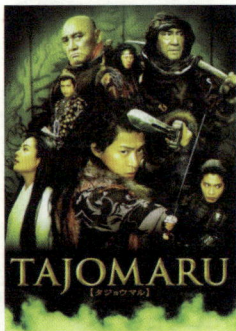

小栗旬主演的现代版《多襄丸》电影海报。本片改编自《竹林中》，除主角名字外，剧情与黑泽明的经典名作《罗生门》不同

经由《竹林中》，芥川提出了"软弱何在，谎言就何在"的观念。后来，黑泽明导演结合芥川龙之介的《竹林中》与

《罗生门》两部小说为题材，改编成电影《罗生门》。这部电影获得 1951 年第 12 届威尼斯国际电影节主竞赛单元金狮奖、意大利电影评论奖、第 24 届奥斯卡荣誉外语片奖，被列为世界电影史十大影片之一。从此，人们用"罗生门"形容遭遇诡异不解、真相难测、莫辨未明的事情。

日文版《竹林中》

经典名句

- 我认识过一个说谎的人，她比谁都幸福，不过，因为谎话说得过分巧妙，即使说的是真话，也全被当作一派胡言。
- 若是能不杀男人就把女人抢过来，我是不会感到不满的。

中文版本：
《竹林中》，秦刚等／译，2019 年 5 月，人民文学出版社。

《伊豆的舞女》／川端康成

她，就是那舞女。洁白的裸体，修长的双腿，站在那里宛如一株小梧桐。

作者·川端康成

1899 年 6 月 11 日出生于大阪北区此花町天满宫对街矮房的川端康成，两岁时，父亲荣吉因肺结核辞世，母亲带着他迁居到大阪西成郡丰里村黑田的娘家生活。翌年，川端康成的母亲同样罹患肺结核病逝，川端康成后由其祖父母领养，但实际上他寄居在舅父黑田家，他唯一的姐姐则寄养在姨母家。

幼年孱弱多病的川端，为了健康，少与外界接触，生活封闭，造成他忧郁、扭曲的性格。川端康成七岁到十岁之间，祖母和姐姐相继因病离开人世，他的精神遭受重创。1912 年，他以第一名的成绩考进大阪府立茨木中学，开始接触文学，博览文艺杂志，并尝试提笔写作。

　　他把志愿设定在艺术与文学创作，他的这种崇高意愿后来成为他灵魂血脉中不可叛离的宿命，维系着他的文学心灵不断成长。川端康成自幼面对变幻无常的生命，使他原已表现不俗的抒情文笔更能穿透生死离合，让他因家境变迁导致的悲惨命运衍生为早熟的忧伤灵魂，进而奠定和深化他朴素、清寂和凄美的文学内涵。

　　自幼生活孤寂的川端，一边抗拒与现实社会接触，一边又在文字世界中编织属于自己想象空间的能量，他阅读《源氏物语》《枕草子》等平安时代留下的古典文学经典著作，而这些又深刻影响了他日后的创作。他宁静幽玄的写作风格，以及东方世界特有的人文情愫，为后世日本新文学运动的发展树立清新典范，评论家赞誉他是"新感觉派的文学家"。

　　十九岁时，川端写成脍炙人口的《伊豆的舞女》，从此作品不断。《美丽与悲哀》《山音》《雪国》《千只鹤》《古都》等著作，不仅使他声名大噪，而且多部小说相继被改编成电影，《伊豆的舞女》先后六次搬上大银幕，《雪国》连续七次改编成电影和电视剧。

　　1968 年 10 月 17 日，时年六十九岁的川端康成，历经人生无数波折与创作煎熬，终于凭借《雪国》《千只鹤》及《古都》三本著作获得当年国际最高荣誉的诺贝尔文学奖，而且是日本获得这项殊荣的第一人。

　　中年后举家搬迁到镰仓市长谷居住的川端，独爱清静，对佛教情有独钟。写作之余偏爱书法，汉字写得活灵活现，而他的内心却异常矛盾，对于获奖带来的荣耀和不断涌现的仰慕者，心里

▲位于伊豆汤岛的"汤本馆"温泉旅馆，二楼有川端写作小屋

文学景观

伊豆半岛：下田港、伊东市、修善寺、独钴之汤、竹林小径、汤岛的伊豆近代文学博物馆、
　　　　　汤岛的汤本馆、汤岛的汤道、汤岛西平桥、天城山、宗太郎杉并木道、河津七瀑

镰仓长谷：川端康成故居

▲主角川岛与薰子及其家人走过的伊豆天城山隧道

▲河津七瀑的净莲瀑布

十分厌恶。这种反应或许与身为孤儿的封闭心理有关，加上情谊深厚的三岛由纪夫切腹自戕的阴影挥之难去，他的心情旋即沉入低潮。

1972 年上半年以后，川端康成鲜少出现在公开场合。

岂料，才刚做完切除盲肠手术未及一个月，4 月 16 日夜晚，川端康成竟在长谷的自宅含煤气管自杀身亡，未留只言片语，就连家人也无法理解他为何会自尽结束生命。

常在忧郁、矛盾中过活的川端曾对一样以自杀方式弃世的文学家古贺春江生前的口头禅大加赞赏，那句话是："再没有比死更高的艺术了，死就是生。"未料这句话竟似乎成为川端人生终极的脚注。这是继三岛由纪夫自杀 17 个月后日本文学界发生的又一悲剧，川端康成去世时享年七十三岁。

关于《伊豆的舞女》

1926 年出版的《伊豆的舞女》，日文原称《伊豆の踊子》，又有称《伊豆の踊り子》，中文译本也有称《伊豆的舞娘》，是川端康成的成名短篇小说。书籍销量不可估量，先后六次改编搬上大银幕，五次改编为电视剧。

《伊豆的舞女》描写一名东京高中男生川岛利用短暂假期前往伊豆旅行，因观赏流浪艺人演出，无意发现卖艺人、身材娇小玲珑的十四岁舞女薰子。她梳着古代发髻，身背大鼓，模样惹人喜爱。旅途中，高中生和卖艺人一起翻山越岭到天城山邻近村落表

中文版本：

《伊豆的舞女》，叶渭渠、唐月梅／译，2020 年 3 月，南海出版公司。

日文版《伊豆的舞女》

演，在修善寺、汤岛、汤川桥游历数天。川岛从最初的追随到攀谈，由初识到倾慕，进而对纯情的薰子萌生可望而不可即的恋情，直到两人视线交汇，互相吸引。某天，川岛邀请薰子到他住的房间做客。夜晚时分，川岛朗诵《水户黄门漫游记》给薰子听，读书气氛滋养两人刻骨铭心的情爱幼苗。然而，生于阶级思维森严的封建社会，川岛和薰子的感情注定只能在黯然中似有若无地漂流。

川岛结束在伊豆的假期，准备从下田乘船返回东京，薰子赶到码头送别，眼见船只渐行渐远，她仅能无助地站在港埠堤堰，几乎要挥断手臂似的不停挥动手绢，牙齿紧紧咬住下唇，像一朵不甘心的受伤的蓓蕾，发出情伤的低声叹息。此时，川岛乘坐的汽船绕过山岬，薰子越发渺小的身影随之被遮挡，她绝望的心情如青黑色的山石掉入水中一样落寞。

川端生前不断从出版社收到读者询问关于薰子的信函，其受欢迎的程度可见一斑。

在《伊豆的舞女》里，作为卖艺人的薰子，拥有黑亮的秀发以及如鲜花般娇美的面孔，她常在眼角涂抹古色胭脂红。

"二十岁的我，对自己倾向孤儿的怪癖性格深作反省，我就因为难以忍受这种忧郁才出来作伊豆之旅的。"旅行中，川岛和薰子互有爱意，小说却未提及任何"爱"或与"爱"相关字眼。作者写情不提"爱"，的确高妙。

这是一篇悲情小说。从两人最初的邂逅到分离，爱情还未及开始就结束了。《伊豆的舞女》的故事跟日本人眷恋的樱花一样，花开鲜艳却短暂，花期蓬勃而凄美。女主角薰子某种程度上可说是川端后期作品中的人物原型。小说中那个贞洁的舞女，自然成为川端毕生创作的小说中洁白无瑕女性的象征。川端是唯美主义作家、大自然的赞赏者，喜欢独处，内心虽渴望与人交往，却又避之唯恐不及。

经典名句

- 我的头脑恍如变成一池清水，一滴滴溢了出来，后来什么都没有留下，顿时觉得舒畅了。
- 当我拥有你，无论是在百货公司买领带，还是在厨房收拾一尾鱼，都觉得幸福。
- 樱树对寒冷非常敏感，樱叶仿佛想起来似的飘落下来，带着秋天隐约可闻的声音掠过了潮湿的土地，旋即又被风儿遗弃，静静地枯死了。

《蟹工船》／小林多喜二

> 和我们站在同一边的，就只有我们自己。根本就没必要盘算后路。因为摆在我们面前的只有两条路，不是生，就是死！

作者·小林多喜二

1903 年 12 月出生于秋田县贫农家庭的小林多喜二，幼年随父母投靠住在北海道小樽市的伯父。他在伯父经营的面包工厂打工，半工半读完成小樽高等商业学校的学业，1924 年进入北海道开发高等银行供职。

少年时代爱好绘画的小林多喜二求学期间迷上小说创作，曾向《中央文学》杂志投稿，以及在校友会杂志发表文章。毕业后他与同好创立《光明》杂志，担任总编辑。不久，小林多喜二与农渔工会接触，加入群众运动，声援佃农与劳工的抗争，并积极参与当时的无产阶级艺术运动组织。

1919 年至 1927 年是他最初的习作阶段，重要创作有《泷子及其他》《牢房》。这些作品大都描写工人和劳动妇女面对残酷的政治迫害，以及遭到经济剥削而奋起反抗的故事。

他于1929年发表的《在外地主》，揭露银行勾结地主，搜刮、榨取农民的恶行恶状。未料该作品发表后，小林多喜二惨遭银行解聘。翌年，他不得不迁居东京，专事写作与从事工农革命，他是日本当代无产阶级文学运动中最具代表性的人物。

同年，小林多喜二又在《战旗》杂志发表《蟹工船》，备受瞩目。在文中，小林多喜二描写了一群被骗前往"蟹工船"参加季节性捕蟹和制作罐头的工人农民在监工的迫害和非人性的劳动中逐渐觉悟，奋起抗争，结果遭遇镇压而失败。这本书的立意坚卓、笔锋雄劲、语言生动，作者成功地把工人阶级不畏强权暴力，勇于斗争的气魄刻画得淋漓尽致。

1931年，他毅然参加日本共产党，成为革命作家组织中的主要领导人。第二年，这个强势的革命组织被迫转入地下，难见天日。

1933年2月20日，小林多喜二与革命同志秘密接触时被捕，在筑地警察署遭警察拷打致死，年仅二十九岁。他的死讯无疑给无产阶级的革命运动增添了悲剧性结局。

关于《蟹工船》

《蟹工船》是小林多喜二于1929年发表在"全日本无产者艺术联盟"的机关刊物《战旗》上的长篇小说，评论家公认它为无

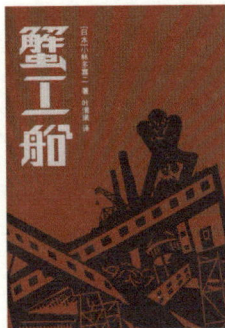

中文版本:

《蟹工船》，叶渭渠／译，译林出版社。

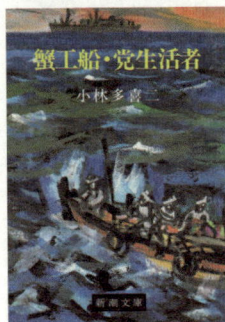

日文版《蟹工船》

产阶级文学的代表作，作者同时被列为第二次世界大战前日本无产阶级文学运动中最优秀的作家。

本书以虐待剥削、过度劳役渔业工人的真实事件为蓝本，故事舞台设定在堪察加海域，作者小林多喜二亲自走访函馆渔会，听取船员经历，并进行了长期实地调查，了解工人们遭受的不平等待遇，导致罢工抗争的过程，等等。

这群来自日本各地离乡背井的劳动者，搭乘由报废船只改造的蟹工船，入侵俄国的堪察加半岛领海进行捕蟹，并将其加工做成罐头。由于工作空间狭窄，加上蟹工船不是"航船"，不受航海法规范，无须遵守安全规则；而且报废船非"工厂"，可以规避劳动法令；另则，监工浅川为提高渔获，强迫劳工日夜加班赶工，即使生病也不能休息，还对劳工施以烙刑，剥夺工人的一切权利。种种偏离人道常轨的行为，最终导致劳动者痛下决心，为争取权益，群起罢工抗争。

不幸的是，经营者竟怂恿海军部队介入，捉拿肇事者。任谁都无法理解，原本作为守护日本国民的军队，在紧要关头竟是捍卫资本家的走狗。劳工们不得不再次团结，与恶势力抗衡。

▲北海道小樽仓库

文学景观

北海道：小樽市、函馆

堪察加海域：俄罗斯远东联邦管区、东北亚的一个半岛，由堪察加边疆区管辖，首府彼得罗巴甫洛夫斯克位于半岛的东南部。勘察加半岛西滨鄂霍次克海，东临白令海及北太平洋

▲北海道小樽硝子馆

▲北海道小樽运河

　　书评家将《蟹工船》称为马克思主义文学划时代作品，于作者逝世 75 年后的 2008 年，该书由新潮文库重新印制出版，销售量罕见地在半年内超过 40 万册。"蟹工船"三字，同年被选为日本十大流行语大赏，意味着"爆红"。

经典名句

- 喂！这可是下地狱哟！
- 拿咱们做的罐头胡乱糟蹋，简直比糟蹋擦屁股纸还厉害！
- 说实在的，盘算这种后事，没用。死活豁出去了！

《春琴抄》／谷崎润一郎

春琴轻闭的眼睑，比其姊妹大睁的双眼更为明丽。

作者·谷崎润一郎

　　1886 年出生于东京日本桥的谷崎润一郎，父亲为米商，他幼年生活富裕，后来父亲生意失败，家道中落。1905 年，谷崎润一郎进入东京第一高等学校，1908 年进入东京大学日文系就读，求学期间接触希腊、印度和德国的唯心主义、悲观主义哲学，逐渐形成虚无的享乐人生观。大学三年级时因拖欠学费遭退学，从而开始文学写作生涯。

　　辍学后，谷崎润一郎与剧作家小山内薰、诗人岛崎藤村一同发起创办《新思潮》杂志，并发表了唯美主义的短篇小说《刺青》和《麒麟》。《麒麟》描写春秋时代孔子游说卫灵公遭奚落的故事；《刺青》描写一名刺青师用诱骗手段迫使原本善良的女孩背上刺

▲《春琴抄》从大阪生国魂神社说起

文学景观

大阪：生国魂神社、道修町、淀屋桥、春琴抄之碑、
　　　少彦名神社

神户：有马温泉

▲佐助每晚到道修町少彦名神社祈求春琴的烫伤早日
痊愈

▲大阪道修町少彦名神社入口前"春琴抄
之碑"

上了巨大的新络妇蜘蛛的图案，使之变成"魔女"的故事。这两部小说构思新颖，受到日本唯美主义始祖永井荷风的青睐，永井特意发表专论赞赏谷崎的小说为日本文坛开拓了新领域，且给予高度评价，谷崎从此登上日本文坛。

1923 年关东大地震后，谷崎举家搬迁到京都定居。京都大阪一带的自然景色、纯朴人情、浓郁的古文化氛围，激发了他的创作热情，从而让关西的风土人情成为他创作后期的背景舞台。

从 1934—1941 年之间，他花费 8 年时间从事《源氏物语》的今译工作，现代日语译本文笔明丽酣畅。1948 年，他在神户东滩区倚松庵宅邸写下长篇代表作《细雪》；翌年，荣获日本文化勋章，时年六十三岁。

1952 年，谷崎高血压严重，前往热海静养；1958 年，有中风迹象，右手麻痹，此后数年的作品都以口述方式创作；20 世纪 60 年代，美国作家赛珍珠推荐他的作品参与诺贝尔文学奖竞逐，是日本早期少数几位获得此项世界大奖提名的作家之一。

1965 年，谷崎润一郎因肾脏病过世，葬于京都法然院墓园，墓地仅立两块石碑，分别刻上"空""寂"的阴字，一为谷崎与夫人松子，另一为松子之妹夫妇，均为谷崎手书字迹。

谷崎润一郎的一生，为艺术与爱情而生，为艺术与爱情而死。他说："艺术家无论怎样怯懦，也要安于自己的天分，精益求精地研习艺术。这样，就会产生为艺术而不惜舍生的勇气，不觉间对死就有了确切的觉悟。这才是艺术家的勇气！"谷崎润一郎的代表作长篇小说《春琴抄》《细雪》，被日本文学界推崇为唯美派的经典作品。

谷崎润一郎早期的作品从施虐与受虐中体味痛切的快感，在肉体的残忍中展现女性之美，故又有"恶魔主义者"之称。他中后期作品回归日本古典与东方传统，幽微而私密地描述中产阶级男女之间性心理与性生活。他一生著作丰富，包括《刺青》《麒麟》《恶魔》《鬼面》《春琴抄》《痴人之爱》《卍》《武州公秘录》《细雪》《少将滋干之母》《阴翳礼赞》以及《源氏物语》的现代日语译本等。

关于《春琴抄》

1933 年出版的《春琴抄》，叙述了出生于幕末大阪市下寺町，原名"鵙屋琴"，双目失明的三味线琴师春琴与其仆人温井佐助两人曲折的爱情故事。

本书从《鵙屋春琴传》起笔，描述出身大阪道修町药材商鵙屋氏的掌上明珠春琴的一生。春琴从小能文善舞，九岁眼疾失明，发愤学习三味线，在春松检校的学生之中属她的琴艺最为出众。为她引路的仆人佐助受春琴启蒙影响，帮佣之余一心学琴。春琴的父母虽然中意佐助能成为她的适婚人选，但难以跨越的主仆隔阂意识使春琴没有对这段感情明确表态，导致

日文版《春琴抄》

两人的爱意出现复杂变化。

之后，春琴遭逢意外，被开水烫伤脸颊，失去美貌容颜。佐助日夜祈求神明庇护小姐早日康复，直到大夫要为春琴拆卸包扎伤口的纱布之前，春琴一句"任何人都可以看见她伤愈后的脸，唯独佐助不行"，让佐助痛下决心，用棉针刺瞎自己的双眼，表明自己对春琴的敬畏与爱意。

这是爱情极端冲动的表达，还是真爱无私无悔的举措，更或者是，双方都意图将最美好的一面留在彼此心中。

过去，一个眼睑始终低垂弹琴的女主人，一个终日低头难语的男仆人，因为身份差异，无法明正言顺步入情爱欲海。唯有地震发生时，春琴感到恐惧才短暂地依偎在佐助怀里。沐浴后，他为她擦身，却毫无情色

中文版本：
《春琴抄》，郑民钦／译，2016年6月，南海出版公司。
《春琴抄》，赖明珠／译，2016年9月，上海译文出版社。

邪念；如今，两人都成为盲目者，琴声叮叮，他甘心不悔以春琴心念中"因为自尊，不能跟一个用人结婚"的心情一生守候她。

据说，岚山天龙寺的峨山方丈听到佐助自刺眼睛，说道："转眼之间，断决内外，转丑为美，欣赏禅机，庶几达人之所为。"

佐助刺瞎双眼后，置身黑暗世界，隐然压抑情欲，谨守对春琴的眷爱。直到春琴死去，仍不时赞叹她出众的美貌与琴艺。

当初坚持难以跨越"主仆隔阂的封建思想"的春琴，仍与佐助生下一个"不能说出来"的孩子；后来还生育二男一女，但女儿出生不久夭折，两个男孩都在襁褓中就送给了河内农家。春琴死后，佐助对故人遗留的这两个孩子没任何思念之情，也没把他们接回来，孩子似乎也不愿回到盲父身边。佐助直到暮年既未婚娶，更再无子嗣。

春琴走后，佐助成为检校，仅在门生看护的二十一年孤独岁月中度过萧索晚年，于明治四十年十月，以八十三岁高龄去世。

作者以绝妙的文字，传述春琴与佐助两人古典淡雅、细腻曲折的凄美爱情，令人读之心头萦回难去。

日本文学评论家吉田精一评论《春琴抄》"对西方反自然的叙事方式构成挑战"。谷崎润一郎的小说《春琴抄》所呈现的曲尽其妙、余韵无穷的文字，清晰流畅、汩汩不绝如溪流，而故事情节亦令人深觉惊心动魄，而贯穿始终的悲痛的自虐式情爱，除了美，就是震撼了。

经典名句

- 与其说她双目失明，倒不如说是闭着眼睛。
- 对春琴来说，佐助这个人似乎只是一个手掌而已。
- 我看不见师父的样子了，现在仍然看得见的，只有那三十年来已经烙在我眼底令我怀念的容颜。请依照一向以来那样，毫无顾忌地把我放在身边随意使唤。

24

《银河铁道之夜》／宫泽贤治

世界全体无法得到幸福，个人也不可能得到幸福。

作者·宫泽贤治

　　1896 年 8 月出生于岩手县花卷町的宫泽贤治，父亲喜助开设了一家当铺，为富商之家。贤治是昭和初期的诗人、童话作家、教育家、作词家、农业专家。贤治少时因喜欢搜集和研究土壤、矿石，同学送其昵称"小石头贤"。

　　宫泽贤治七岁就读花卷川口寻常小学时即已流露文学才华；九岁时受班导师八木英三启蒙，创作了一首长诗《四季》，开启文学创作之旅。宫泽贤治中学时代习作短歌、诗篇，并尝试童话创作，写下《遣远方之友人》《拜谒皇太子殿下》等文。

　　十九岁时，他进入县立盛冈高等农林学校就读，热衷于踏勘学校的邻近山野，采集矿石、植物。专心沉浸山林的经验不仅为贤治奠定了文学基础，所见自然风光及制作昆虫标本也都成为他日后文学创作的素材。

宫泽贤治中学时代除了爱好文学与自然，更加热爱哲学和佛学，片三正夫的《化学本论》与岛地大等编撰的《汉和对照妙法莲华经》，为他提供了为生命奋斗、追求美丽事物，以及放眼前瞻生命的契机，这些智慧之思深化字里行间，对宫泽贤治创作影响巨大。二十一岁时，他在《校友会会报》以笔名"银缟"发表短歌。

1918 年宫泽贤治二十二岁，写成论文《腐殖质中的无机成分相对于植物的价值》，取得毕业证书；同年 4 月成为研究生。1921 年，他任教稗贯郡稗贯农校，担任代数、农产制造、作物、化学、英语、肥料、气象和土壤各科目教师。

二十五岁时，宫泽贤治埋首童话创作，作品数量激增，包括《天川》《渡雪》《冬天的素描》等短诗，作品耐人寻味，寓意深远，每一篇都有令人意想不到的惊喜。然而在当时，贤治名声未著，其作品常遭退稿。发表于《爱国妇人》杂志的童话《渡过雪原》，是他生前唯一获得稿酬的作品。其后主要工作仍以设计花坛、开垦田地为主，偶尔聚集青年们一起举办唱片鉴赏或音乐合奏的活动。

宫泽贤治出生于天灾不断的年代，接连发生旱灾、虫灾，以致民不聊生。1926 年，他辞去稗贯高等农校教师一职，创立罗须地人协会，以悲天悯人的人道主义精神、刻苦自立的性格，致力改善耕种环境残酷的东北土壤与地质，兼而将敏锐的笔触、丰富

▲岩手县花卷市宫泽贤治纪念馆

文学景观

岩手县花卷市：新花卷车站、童话村、山猫轩、妖精小径、贤治的学校、天空的广场、宇宙的房间、大地的房间、贤治的教室、猫头鹰小径、宫泽贤治纪念馆

▲宫泽贤治童话村

▲童话村的银河铁道

的创造力与幽默的情感化为文字寄寓于童话作品中。终身未娶的宫泽贤治，人生最后的五年因辛劳过度造成肺结核恶化，卧病在床，卒于 1933 年，享年三十七岁。

宫泽贤治生前默默无闻，去世后却声名鹊起。在《朝日新闻》"这一千年里你最喜欢的日本文学家"调查中，名列第四，远胜太宰治、谷崎润一郎、川端康成、三岛由纪夫、大江健三郎、村上春树。《文艺春秋》杂志"20 世纪你最喜欢的 10 本日本著作"调查中，宫泽贤治的《银河铁道之夜》与夏目漱石、森鸥外的作品同列第 10 名，领先其他名家。

关于《银河铁道之夜》

宫泽贤治的童话代表作《银河铁道之夜》写于 1927 年，作者去世隔年的 1934 年才出版。故事充满了唯美与幻想色彩，深受读者喜爱，1985 年被改编成同名动画。

故事描述成长在贫困家庭的乔万尼由于父亲离家，不得不仰赖课后打零工照顾疾病缠身的母亲。他的好朋友——出身富裕的康帕内拉，家中拥有许多书籍，乔万尼时常受邀前往做客。某一天的自然课上，老师拿出银河的图片向同学们提问，点名乔万尼回答。他因为在康帕内拉家的书本上读过，清楚答案却不敢回答，惨被同学耻笑。轮到康帕内拉作答时，为了顾及乔万尼的面子，他故意静默不答，老师和同学误以为连他这样的优等生都不懂，一定是题目有问题。

银河节到来那天，同学查内利吆喝其他同学前往河边，参加晚间的银河节水灯会。乔万尼必须回家照顾母亲，无法参加，在路上遭到查内利嘲弄。

终于，乔万尼累倒了。一个人在银河节之夜走到一座黑黝黝的山坡，躺在坡顶上观赏雪白的银河。银河泛出白灿灿的涟漪，宛如万道彩虹，闪闪流动。这时，芒草随风摇曳，掀起一片片波浪，他意识到自己仿佛正跟着康帕内拉乘坐一辆在银河铁道行驶的列车。途中，他们看见许多难以置信的奇异景象，还看见有人捕捉白鹭，制成点心。种种一切，犹如梦境。

后来，他们遇见两个孩子和他们的家庭教师。交谈中，乔万尼得知这些人搭乘的船刚才撞上冰山而沉没，所以才会在这时进入列车，隐约暗示许多不寻常之处。当列车抵达南十字星站，乘客全都下车，车厢里只剩他和康帕内拉。下一站，驶到煤袋星云站，他发觉康帕内拉瞬间消失不见了。

乔万尼倏然从梦境醒来，被一股不可思议的力量导引到镇上。他看到桥头聚集许多人，这才发现原来是嘲笑他的同学查内利不小心从船上掉到河里，而康帕内拉为了救他，勇敢跳进河里，结果查内利被安全救上岸，康帕内拉却惨遭不幸。

原来，"银河铁道"是带领死者灵魂回归天国的哀伤列车，善

日文版《银河铁道之夜》

良的康帕内拉就坐在列车里。

读过《银河铁道之夜》的人都明白，这部童话不只是童话，从孩童的视角来看，故事性浓厚；就成人而言，是对人性与社会的讽刺呐喊，足具深思与悲天悯人的感动。

中文版本：

《银河铁道之夜》，程亮／译，2018 年 1 月，现代出版社。

《银河铁道之夜》，周龙梅／译，2018 年 9 月，湖南美术出版社。

经典名句

- 这条白茫茫的银河，有人说他像条河，也有人说他像是牛奶流淌过的痕迹。
- 啊……这条白色的带子是由星星组成的。
- 我们到天上来了。你们看，那就是天上的符号。不用害怕，我们就要到神的身边了。

25

一段徒劳之美的爱情

《雪国》／川端康成

——

穿过县境长长的隧道，便是雪国。

作者·川端康成

关于《雪国》

　　1934 年 12 月，川端康成前往新潟县越后汤泽，住进高半温泉旅馆，撰写《雪国》（又译《雪乡》）。1937 年 6 月，川端康成汇总了刊载在各杂志的《雪国》章节，进行最后修订，之后由创元社出版单行本。

　　川端把《雪国》的背景地设定在远离东京、隔开三国山脉的新潟县越后汤泽，并以"五等艺伎"驹子和游客岛村的故事为题材，展开一段追求质朴无华、平淡自然的情欲美学。

　　作者开头语写道：

▲《雪国》地景：越后汤泽的雪景

文学景观

新潟县：越后汤泽、清水隧道、高半温泉旅馆里
　　　　的霞间、汤泽町雪国馆、驹子之汤、笹
　　　　之道文学散步、诹访神社
大阪茨木市：川端康成文学馆

▲《雪国》起头句：穿过县境长长的隧道，便是雪国。

▲汤泽町"驹子之汤"，内设《雪国》电影相片展

　　穿过县境长长的隧道，便是雪国。夜空下一片白茫茫。火车在信号所前停了下来。

　　这段话不仅给读者留下深刻印象，在日本，更是大多数人朗朗上口的名句。这段话的前两句没有主语，却能使读者跟随男主角岛村走进汤泽町，感受雪国的苍茫迷蒙。

　　每到冬季，越后汤泽雪飘迷蒙，积雪厚实，故得"雪国"之名。小说始于主角岛村和驹子在温泉旅馆邂逅，终于叶子惨死于戏院。叶子是川端笔下纯洁无瑕的女性象征，而驹子恰好相反，她热情又执着，敢爱敢恨，个性鲜明、强烈。

　　男主角岛村被塑造成来自东京的一名喜爱西洋芭蕾舞的自由职业者，过着假性的单身生活。他到越后汤泽旅行，在火车上巧遇年轻貌美的叶子正细心护送一名患病的男子回汤泽町，作者运用巧笔描绘火车厢里一段现实与非现实的心理与感官情境。

　　到了雪国之后，岛村在温泉旅馆结识了名叫驹子的艺伎。后来，从驹子口中得知火车上那个患病的男人叫行男，是驹子的未婚夫，也是驹子三味线师父的儿子，身染肺结核；驹子对行男并未怀有爱意，仅及于同情之心，心甘情愿当艺伎赚钱让行男就医。直到遇见财色兼具、不知生活艰辛的岛村，驹子由钦慕而生爱。不久，行男病故，驹子连最后一面都不肯前往探望。

　　对人生怀抱虚无与颓废观念的岛村三度前往汤泽町，和曾在东京当艺伎的驹子相会。能弹奏三味线的驹子，每天很努力地写日记。与此同时，三味线师父的女儿叶子陪同行男治病返回汤泽町的途中，正好坐在第二次乘车到雪国会见驹子的岛村的对面。岛村透过起雾的车窗欣赏黄昏雪景，无意看到倒映在车窗上的叶子迷人的眼眸，不禁心神荡漾。

岛村听说三味线师父想把驹子许配给行男，驹子也为了给行男治病才去当艺伎，却遭驹子否认。驹子在岛村逗留汤泽期间陪他游玩，一心发展两人的关系。驹子对岛村的感情真挚，而岛村只想享受短暂的美好。把女人当玩物看待的岛村，视驹子为"美的徒劳"，既欣赏她的美貌和性格，同时又对单纯的叶子的情意无法释怀。

驹子曾力图摆脱这种生活态度，决心过正经的生活，并渴望得到普世意义的幸福爱情。她对岛村的爱已然热烈到无法掺有任何杂念的地步，然而在温泉旅馆与她邂逅的岛村，只想借此找寻精神与肉体的慰藉，从而追求某种能在一瞬间忘却自己的非真实感。

行男病故后，某天，一家放映电影的戏院发生火灾，叶子因吸入过多烟尘，不幸丧命。驹子从岛村身边跑去救护叶子，临终的叶子嘱托岛村要善待驹子。这时，

中文版本：
《雪国》，叶渭渠、唐月梅／译，2020 年 3 月，南海出版公司。

日文版《雪国》

岛村脑子想到的却是松尾芭蕉的俳句和初次在火车厢见到身姿绰约的叶子的美丽模样的情景。故事就此结束。

川端在探索情欲人性的创作里，呈现命运的残酷虚无与颓废。他凭借敏锐的感觉，运用绵密、优美和细腻的文字，穿透男主角岛村的内心，作为反讽和映衬这个寡情男子是个"靠不住"又"冷漠无情"的，随时会抛开女人远去的人。

曾经醉心于借鉴西方现代派思潮，并将其移植到文学创作的川端，后期的创作完全倾向日本古典传统意识，潜心佛教哲理，尤其是轮回思想。他在现代与古典极端的对立中，梳理出属于自己的文学意象。这种自觉意识令他在探索日本的美学，以及从西方文学的人文内涵，深入看见日本化的文学之路，《雪国》便是在这种对东西方文学的比较与交流中孕育而生的作品。

作家莫言表示，当他读到《雪国》中描述的下列文字：

> 一只黑色壮硕的秋田狗蹲在河边的一块踏石上，伸出舌头舔着河里的热水。

终于明白什么才是小说。他放下书本，提笔写下短篇小说《白狗秋千架》的名句："高密东北乡原产白色温驯的大狗，绵延数代之后，很难再见一匹纯种。"这段文字深受川端的影响。

研究日本文学的教授林水福说："《雪国》的男女构图也承袭了这种上下关系。艺伎身份的女主角驹子对岛村的倾慕，让读者感到可怜而同情；男女主角又因身份的悬殊而无法结合，也感动了读者。"

　　川端的《雪国》被两度搬上电影银幕，五度改编成电视剧。

经典名句

- 生存本身就是一种徒劳。
- 这对城市美好事物的憧憬，隐藏于淳朴的绝望之中，变成一种天真的梦想。
- 镜中的雪越发耀眼，活像燃烧的火焰。
- 不是欣赏舞蹈家栩栩如生的肉体舞蹈艺术，而是欣赏他自己空想的舞蹈幻影，仿佛憧憬那不曾见过的爱情一样。
- 人的感情连最易损的绉绸都不如，因为绸缎至少可保存五十年，而人的依恋之情远比此短。

《暗夜行路》／志贺直哉

只要一步就可踏入通往永恒的路。

作者·志贺直哉

1883 年出生于宫城县石卷市的志贺直哉，祖父曾是相马藩府的家臣。他两岁随父母移居东京，接受贵族教育；十八岁跟宗教家内村鉴三学习；二十一岁进入学习院高等科学习文学创作，同年发表处女作《菜花与少女》。

1906 年，志贺直哉进入东京大学英文系就读，两年后转读日文系，中途辍学；后与武者小路实笃、木下利玄创办杂志《望野》。他们对当代纯客观理念的自然主义文艺思潮不满，主张肯定积极的人生、尊重个性、发挥人的意志、提倡人道主义与理想主义的文学，形成"白桦派"。

其间志贺直哉发表《到网走去》《剃刀》《克罗谛思日记》《在

▲奈良市高畑大道町志贺直哉旧居

文学景观

京都：山科志贺直哉旧宅遗址、哲学之道

奈良：奈良志贺直哉旧邸

鸟取县大山

广岛尾道

▲京都山科志贺直哉旧居迹

▲主角走过京都银阁寺附近的哲学之道

城崎》《佐佐木的场合》《好人物夫妇》《赤西蛎太》，以及描写他立志文学，与父亲志贺直温发生冲突，终至得到认同的《和解》等作品。

看来，志贺直哉很喜欢迁徙，一生搬了 26 次家，写《蟹工船》的小林多喜二登门造访他的奈良故居时，还在那里住了一晚，芥川龙之介还曾拜访他在千叶县的家。志贺直哉在奈良租屋 4 年，结庐 9 年，终于完成《暗夜行路》。那是 1918 年经过短暂休息，重新提笔的杰作。

《暗夜行路》出版后，志贺直哉蜚声文坛，被称为新现实主义第一人。他深邃地观察人性，对庸俗与虚伪极其憎恶，充满理想主义的热情。他的作品大都取材自生活，被认为是现代日本文学中从自我经验取材最多的作家之一。他还关心社会事务，在政治和文学上都表现出坚贞不屈的品质。志贺直哉早年关怀足尾矿工中毒事件，同情写作《蟹工船》的小林多喜二为工人所做的牺牲。

第二次世界大战期间，志贺直哉坚持保持缄默，以示对日本政府发动侵略战争的抗议。其后期作品《万历红瓷瓶》《台风》《早春的旅行》《寂寞的一生》《灰色的月亮》《被腐蚀的友情》等，大都与对社会的关怀密切相关。1948 年志贺直哉荣获日本文化勋章，1971 年 10 月 21 日逝世。

关于《暗夜行路》

1921 年开始创作、1937 年完成的《暗夜行路》，被视为志贺

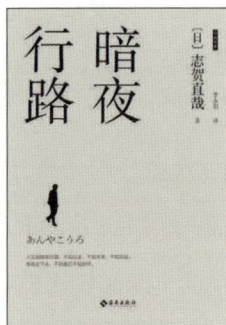

中文版本：

《暗夜行路》，李永炽／译，
2017 年 8 月，海南出版社。

日文版《暗夜行路》

直哉倾注毕生精力的唯一的长篇小说。日本评论家将其喻为"小说之神"，并认定其是志贺直哉的代表作。

《暗夜行路》描写一名孤独的知识分子在无法圆融的生活与苦闷思想的人生路上，暗夜探索的历程。主角时任谦作是祖父和母亲的私生子，在兄弟间一直遭受歧视。母亲去世后，他跟祖父及其年轻的妾过着单调且寂寞的生活。他因立志从事文学事业与父亲发生冲突，加之婚后发现妻子不忠，便独自浪迹天涯。旅途中病倒他乡，妻子赶到时，但见病榻上的丈夫睁开柔和而充满爱的眼眸。

这部长篇小说是白桦派全盛时期，作者以第一次世界大战期间世界各国正在逐渐形成民主思潮为契机而创作的。

《暗夜行路》的出版使当代知识分子对生命抱有美好理想，对社会无穷进步怀抱更大的希望。白桦派以武者小路实笃所说的"通过个人或者个性来发挥人类意志的作用"作为最高思想原则，坚持贯彻人道主义和理想主义的精神。这股巨大力量，拨开了阴郁的自然主义的乌云。正如芥川龙之介评价所言："打开了文坛的天窗，让清新的空气流进来。……阅读《暗夜行路》，主角的精神斗争对我颇有切肤之感。比起这主角，我觉得自己多么傻，不知不觉流下泪来。同时，泪水也不由得给我一种平和感。"

翻译家李永炽说："志贺直哉写实主义的精简描写和艺术的成就，已是日本批评家共同承认的事实。就日本文学史而言，他是站在夏目漱石自我主体性的课题上，进一步追寻自我与幸福的问题。在自立与自律的'近代'社会尚未普遍形成的地方，志贺文学中'道德灵魂的痛苦'与迈向自立的自我肯定，是值得注意的。"

经典名句

- 这被迫背下了不知实体的重物。
- 不管有救没救，反正我不离开他，不管到哪里，我都跟他去。
- 只要一步就可踏入通往永恒的路。

27

《宫本武藏》／吉川英治

红叶将生命献给树干，然后以火红之姿散落与消失。

作者·吉川英治

1892 年出生于神奈川久良岐邵中村根岸（今横滨市中区）的吉川英治，原名英次。吉川英治幼年家境贫寒，五岁即能读岩谷小波的《世界的故事》；六岁进入横滨市千岁町私立山内寻常高等小学就读，兼而学习英语，并在冈鸿东私塾习读汉学。

七岁时，举家搬迁南太田清水町，原本困顿的家境稍见改善，但父亲染有酗酒恶习，家庭关系陷入低迷状态。直到十一岁时，家道再度中落，吉川英治不得不退学，以潦落的少年之姿前往川村印章店当学徒，后又到南仲舍担任少年活版工。不久，经人介绍，吉川英治转任横滨税务监督局当工友。

体验百味杂陈人生十数年的吉川，要求自己从绝境中站起，且以"生涯一书生"为志向，用最笨拙的死记方式背读《芭蕉句抄》，发愿未来成为俳句诗人。十四岁，他第一次将短篇小说《浮寝鸟》投稿到《学生文坛》，并获得刊登，大大增添了他对写作的信心。隔年，他在海军御用杂货店续木商店当店员。

1908 年吉川英治十六岁，入选参加《横须贺新闻》举办的俳句大会，获得奖赏，但生活仍未获改善。后来辞去杂货店员工作，改当营造厂水泥匠。不久，转任横滨船坞公司的船具工，生活依旧贫困。

十八岁时，他大量阅读文学书籍，热衷翻译，经常参加俳句会。该年年末，在船坞工作时，不慎掉落船底送医急救，出院后决心到东京半工半读，并应征到螺丝钉工厂当工人。翌年，转到工厂附近的手提箱制作厂工作，同时在藏前夜间工艺学校图案科上半年课。在此期间，成为会津泥金画家冢原氏的徒弟。

吉川自幼因生活困窘辍学帮佣，过着颠沛流离的生活，却始终自学不怠。二十二岁时，正式步入文坛。因为对人生有丰富深刻的体验，吉川的文学作品涵藏对社会现实面的洞悉、观察、体验，他秉持"我以外皆我师"的理念，建构出美妙文采。吉川英治从《和汉万卷》中撷取知性、感性与性灵力量，并将这股力量汇聚于对人性的刻画，开创了乱世文艺的风潮。

吉川英治三十岁时任职《东京每日新闻》家庭栏目，在每期的《星期日附录》撰写童话、连载第一部长篇新闻小说《亲鸾记》，后来这部处女作由每夕出版部出版，自此创作不辍，在《滑稽俱

▲宫本武藏诞生地，冈山县美作市宫本

文学景观

福冈县小仓市：手向山公园宫本武藏之碑

下关市：宫本武藏在严流岛出阵地、严流岛、严流岛文学碑

京都：三十三间堂

九州：熊本市灵岩洞

▲宫本武藏曾在三十三间堂跟吉冈传七郎决斗

▲武藏与小次郎在严流岛决斗雕像

乐部》刊登长篇小说《剑魔侠菩萨》，在《国王》创刊号连载《剑难女难》，这时，开始使用笔名"吉川英治"，接着又在《滑稽俱乐部》与《少年俱乐部》上连载了《坂东侠客阵》和《神州天马侠》。

1926 年，吉川三十四岁，在《大阪每日新闻》发表《鸣门秘帖》，一举成名，巩固了"大众作家"的地位，又被称"国民作家"，或称"百万人的文学"。吉川英治的作品就像一坛陈年好酒，时间越久越见醇香。评论家认为在日本能与吉川英治比肩者，唯夏目漱石一人。

自 20 世纪 30 年代起，吉川英治先后著有《宫本武藏》《新书太阁记》《三国英雄传》《新平家物语》《私本太平记》《上杉谦信》《源赖朝》《平将门》等巨作，备受推崇，其中，《宫本武藏》花费近二十年时间写成，他以人文角度罗织历史人物的全真面貌，写就武藏"剑禅一如"、至真至性的内心世界，使这位谜一样的历史人物跃然纸上，也使处在逆境的读者有归宿感，更使身在顺境中的人读后洗去心灵尘埃，《宫本武藏》成为历史小说创作的代表作。

日文版《宫本武藏》

1962 年吉川英治荣获日本文化勋章后，因癌症恶化去世。

关于《宫本武藏》

1584 年出生的宫本武藏，本姓藤原，习惯使用宫本、新免为

其氏；幼名弁之助，名讳玄信，通称武藏，号二天、二天道乐，江户时代初期的剑术家、兵法家、艺术家。

武藏为创立"二天一流"剑道的始祖。他曾在京都与兵法家吉冈一门对决，以及在严流岛与严流派兵法家小次郎的决斗事迹，至今仍为许多小说、大河剧和电影的题材；除此之外，武藏同时也是知名的水墨画家及工艺家，其传世的文艺作品，如：《鹈图》《枯木鸣鵙图》，以及《正面达摩图》《卢叶图》等水墨画、马鞍、木刀、工艺作品都成为国家指定重要文化财产。

被喻为一代剑圣的宫本武藏，在《五轮书》中说："武士之道意味要精通文武二道。作为武士，即使不具备这方面的天赋，只要不断努力，加强自己的文化和兵法修养，仍然能成一名合格武士。"

中文版本：
《宫本武藏》，冯莹莹、杨田等／译，2013 年 12 月，哈尔滨出版社。
《宫本武藏》，刘敏／译，2004 年 5 月，新世界出版社。

严流岛之役，胜者武藏，败者小次郎，武藏正是以"一切即剑"击败"剑即一切"的灵心慧语，更成为武者典范。1645 年 6 月，武藏于千叶城的武士居所死亡，墓地葬于熊本市弓削。

吉川英治于 1939 年出版的小说《宫本武藏》中，把一生经历大小决斗六十余回的武藏，刻画成一名"终身以剑磨炼灵魂"，追寻"禅剑一如"求道者的传奇人物。书中还创造"阿通""又八"和"阿杉婆"等虚构人物，把爱情与亲情掺杂于刀光剑影的阵仗之中，让本书通俗易读。

简言之，本书以战国到德川初期为背景，描述由动到静的历史段落，宫本武藏凭借坚韧不拔的毅力和强壮体魄，以一把孤剑，漂泊天涯，寻求剑禅合一的真髓。《宫本武藏》确立了吉川英治在日本"国民作家"的地位，自 1936 年开始，由他的著作改编的电影和电视剧超过五十部以上。

经典名句

- 我以外皆我师。
- 以率直为根本，以真为道，才能认清真我，认清一切。以空为真道，你就能悟得真道即是空。
- 任何人和任何物品，我们都可以从中学习到某些道理。

《细雪》／谷崎润一郎

莳冈家姐妹们的四季比其他人更像梦境。

作者·谷崎润一郎

关于《细雪》

1943 年出版的《细雪》，是谷崎润一郎小说写作回归日本传统人文美学的见证，是其文学创作生涯的巅峰作品。

谷崎润一郎约在第二次世界大战期间的 1942 年秋天开始写作本书，其间，他旅行到山梨县河口湖畔的胜山，开始执笔，并发表于当时的《中央公论》月刊。隔年，军方要求停止连载，理由是"违背时局"。对这项无理的"禁刊令"，谷崎未加理会，私下持续写作、发表，甚至自行印制送给亲朋好友阅读。但因战争时期用纸限制，仍被军部制止，直到战后恢复连载，1948 年完稿，翌年荣获"朝日文化奖"。小说家三岛由纪夫曾给予高度评价，后又经读者票选为日本近代文学必读作品之一。

阅读《细雪》，不仅能读到作者透过莳冈四姐妹的故事传达的日本传统人文美学，也能从书中看到作者意图勾绘第二次世界大战前日本关西地区中上层社会的生活样貌。

全书描述大正末期至昭和初年，大阪船场商人莳冈家的四姐妹，在不尽相同的性格和命运下的人生故事，对她们在家庭、亲情、恋爱婚姻的方面多有展现。作者借情感事件将心目中理想的女性赋予至美的象征。京都赏樱、赏月、捕萤、舞蹈等文艺活动穿插其间，并借此将各色人物形象与心理刻画得极为细腻。字里行间将关西一带翩然文雅的京都风情、豪迈的大阪人文、淡雅的神户人情等尽兴表露。人物对话中清晰恰切地使用京都和大阪方言，使人读来多了层感受不同的风味。

莳冈家男主人是个经商有成的企业家，行事风格讲究气派。妻子早逝，他未能守成顾家，致使家道中落。待他去世后，莳冈家徒留世家之名，不再光鲜耀眼。

小说描绘的四姐妹，以三十多岁尚未出嫁的三姐雪子为主要角色，作者多次安排她于腼腆羞赧中相亲，并穿插讲述了四妹妙子的恋爱经历。同时交织描绘了不断替妹妹操心烦恼的二姐幸子、贞之助夫妇，以及大姐鹤子、辰雄夫妇的生活，从而显露出传统日本女子纤细、多虑与含蓄的性情，并以洋洋洒洒的行文塑造了以京都和大阪为文化表征的古典风尚。

莳冈四姐妹中，大姐鹤子个性保守严谨，二姐幸子亮灿纯真，

三姐雪子内刚外柔，小妹妙子灵活反叛。透过作者精湛的叙述，四姐妹拥有各自不同样貌，个个形象鲜明，尤其姐妹之间亲密、

▲夙川是《细雪》重要地景，樱花远近驰名

文学景观

大阪：大阪船场、住吉大社、天王寺上本町、文乐剧场、谷崎润一郎文学碑

神户：芦屋市、芦屋车站、谷崎润一郎纪念馆、芦屋川车站、《细雪》文学碑、夙川公园、香栌园、
西宫曼波一本松、谷崎润一郎故居倚松庵、神户、元町

京都：平安神宫、圆山公园、渡月桥、野宫神社、天龙寺、清凉寺、岚山中之岛

东京：富士山、明治神宫、涩谷

▲兵库县芦屋市芦屋川车站出现在《细雪》中的
次数最多

▲香栌园是《细雪》重要地点

细腻的感情，在谷崎出神入化的描写下特别感人。

作家井上靖评价《细雪》不仅是谷崎个人作品的高峰之作，也是昭和文坛的优秀代表作之一。法国文学家萨特盛赞其是"现代日本文学的最高杰作"。

《细雪》是作者在昭和年间为回避对法西斯主义的支持而写的。"细雪"，顾名思义，细碎的雪花，在该书里却从未真正出现过。作者借"细雪"为主题，意图隐喻人物命运似雪般细碎、轻盈又无名状的冷清与哀愁。

台湾繁体中文版《细雪》的译者林水福教授认为，《细雪》的情境故事，从四姐妹生活互动的语气、对话的语句，乃至日常生活事件的转折，以层层堆砌的细节酝酿出那一时代关西地区的氛围，刻画出日本现代化之下传统的束缚，以及传统维系的人际情感关系的消逝。整幅图像好比书名意象，让读者在感受雪花寒冷的同时，凝望优雅纯白的片片雪花缓缓落下，最终命定般地随时间消逝在银白的土地上。此处没有怀旧的温暖或喟叹，也没有迈向未来的光明乐观，只有传统的残破与美丽。

《细雪》单行本于 1948 年出版。时隔三十余年之后，1983 年东宝电影公司为庆贺创立五十周年，重新拍摄《细雪》。这部大制作、演员阵容强大的电影，由跟黑泽明、木下惠介、小林正树并称"日本影坛四骑士"的市川昆导演，男主角石坂浩二、伊丹十三，

日文版《细雪》

四位女主角分别是岸惠子、佐久间良子、吉永小百合以及古手川祐子。

对于《细雪》改编拍成电影，市川昆说："这部电影希望重现当年既古典又现代的风景、风情与人心。《细雪》在关西的语言中，象征美丽的人、事、物。细雪美则美矣，可经阳光照射，迅即融化，稍纵即逝。标榜唯美主义的谷崎文学，在《细雪》中，虽然叙述没落家族的琐碎事，归根究底，亦不失为辛辣的人间喜剧。"

这部影片从四姐妹赏樱揭开序幕，她们每年固定在春季樱花绽放季节，身着典雅的和服，在料亭用膳后，漫步行遍京都名景名所，游览岚山渡月桥、天龙寺雨中赏樱、大觉寺观赏花吹雪、平安神宫观赏红枝垂樱等。导演市川昆将樱花场景拍摄得唯美至极，四姐妹的外形有如仕女图工笔画，淋漓尽致呈现日本传统绘画雍容典雅的气质。

中文版本：
《细雪》，竺家荣／译，2017 年 6 月，九州出版社。
《细雪》，张军苗／译，2020 年 9 月，现代出版社。

经典名句

- 正因为长夜漫漫，或许因此才可以不断追求光、理解与爱。
- 再说，就是会离婚，也要让她结婚一次。

《津轻》／太宰治

花发多风雨，人生足别离。

作者·太宰治

1909 年 6 月，出生于青森县川原市的太宰治，本名津岛修治，父亲源右卫门是松木家的入赘女婿，也是县议员、众议院议员，经营银行与铁路，因多额纳税成为贵族院议员、地方仕绅。

太宰治是津岛家排行第十的小孩，幼时生活优裕，有仆人无微不至服侍。太宰治十六岁就读青森中学；1927 年就读弘前高等学校，醉心泉镜花、菊池宽、芥川龙之介的小说，发愿成为作家；1930 年进入东京帝国大学法文系就读，师从井伏鳟二，后因参与共产主义运动，怠惰学业，遭除学籍。

由于心智早熟，太宰治十八岁开始进出花街柳巷，与艺伎恋爱，经常透支家里寄来的生活费；二十一岁和银座咖啡馆女招待投海殉情未遂，因协助他人自杀遭起诉；此后经济来源遭继承家业的长兄断绝，一度疾病缠身，生活困顿，举债度日。1936 年太宰治出版《晚年》，其中的《逆行》入围第一届芥川奖候补作品，最终未能获奖，整日抑郁。

1937 年由恩师井伏鳟二做媒，太宰治与教师石原美知子结婚。婚后，他写出《富岳百景》《斜阳》，成为当代流行作家；1939 年以《女生徒》获第四届北村透谷奖。

太宰治以虚无、颓废放浪无赖又蕴藏强烈的反叛精神成为日本"无赖派文学"的代表。他似乎生来即有自杀倾向，一生自杀未遂达四次之多，每次自杀都跟女人有关。1929 年，太宰治吞下大量安眠药，被友人救起；第二年，就读大学期间和咖啡馆女招待田部目津子投河殉情，被渔夫救起，田部亡故；1935 年，报考新闻记者败北，前往镰仓山上吊，被人救起；1937 年，携小山初代到谷山温泉自杀，结果双双被救活；第五次自杀发生于 1948 年 6 月 13 日，最终亡故。6 月 15 日《朝日新闻》还以为太宰治又在玩自杀未遂游戏，刊登了一则嘲弄他的短新闻《太宰治先生出走了吗？》，怀疑太宰治是否真的自杀身亡。

中文版本：
《津轻》，吴季伦／译，2017 年 6 月，四川文艺出版社。

日文版《津轻》

据统计，日本女大学生撰写毕业论文最喜欢写的作家中，太宰治名列前茅。太宰治特别有女人缘，经常酗酒、寻欢作乐，过着浪荡的生活。他认为活在世上就是折磨，说："死亡是最美的艺

▲《津轻》的文学舞台津轻海峡

文学景观

青森县北津轻郡：小酒馆、渔村巷弄、堤川、观澜山、津轻海峡
青森县五所川原市金木町：太宰治纪念馆斜阳馆

▲青森县五所川原市金木町太宰治纪念馆斜阳馆

▲《津轻》中常出现的小酒馆

术。"而放荡酒色、心灵矛盾、哀伤为人的挣扎，则是太宰文学的典型。

1948 年 6 月 13 日深夜，太宰治因肺结核恶化，时常吐血，令他虚弱至极。最终他与崇拜他的女读者山崎富荣前往东京三鹰町玉川上水投水自尽。大约一周后，他的尸体才被发现。据报纸所载，发现遗体时，两人是用绳子绑在一起的，迹象可疑，引起诸多臆测。评论家平野谦说："太宰的死，可说是历史的伤痕所造成的。"拾获遗体当天，正是太宰治三十九岁生日。后世为纪念他，将这一天定为"樱桃忌"。后来，为纪念太宰治出生金木町，特别在他冥诞九十周年的 1999 年，将"樱桃忌"改为"太宰治诞辰忌"，并于他的老家金木町设立斜阳馆以为纪念。目前太宰治的纪念馆斜阳馆已被指定为日本国内重要文化财产。

终其一生未能获得念兹在兹的芥川奖的太宰治，最终仍留下《人间失格》《津轻》《斜阳》等三十多部名作。

关于《津轻》

《津轻》是联系太宰治创作中期到晚期的关键作品，也是他走向战后无赖派风格的最后之作。天生性格阴郁的太宰治，试图在书中以自嘲的文字展现纯粹明亮的风格，以及对故乡青森县五所川原市既爱又怨的殷切情怀。日本文坛一致认为《津轻》才是太宰治文学的真面貌。

1944 年，三十五岁的太宰治展开久违的返乡之旅，回到冷飕飕的雪乡津轻，偕同友人在渔村剥虾吃蟹，巷衢酒馆热酒吟歌，观澜山登岭游寺，重返父亲的故乡金木町，与代母亲哺育他的女用人阿竹重逢，一场弥漫酣酣酒意、浓浓乡愁的故乡巡礼就此揭开。太宰治以一贯唠叨自嘲、一本正经又令人捧腹的丑角之姿，将自己融进故事中，酣畅淋漓地描写故乡与故人。看似轻松快意的游记《津轻》，一方面阐释"映照内心的人生风景"，另一方面又在滋养他的故乡寻获可以安心的勇气。

关于《津轻》，日本评论家佐藤春夫在《稀有的文才》中评论说："这部作品，他的缺点完全不见，只表现出他的优点。就算他的其他作品全部被抹杀，只要有这部，就可以说是不朽的作家之一。"至于《津轻》好在哪里，佐藤说："把当地的风土与人情融合得这么好，他的才华的确了不起！"

经典名句

- 我要去地狱了！
- 生而在世，我很抱歉。
- 不要绝望，在此告辞。

30

日本青春文学的最高峰

《人间失格》／太宰治

这是我对人类最后的求爱。

作者·太宰治

关于《人间失格》

1948 年出版的《人间失格》是太宰治最具影响力的遗作。

"人间失格"原意是指丧失做人的资格。作者透过主角大庭叶藏的人生遭遇，巧妙将自己的人生经历与思想隐藏于大庭叶藏的人生际遇中。读者借由主人公的独白可以窥探太宰治"充满了可耻的一生"，太宰治就是大庭叶藏的原型。这部半自传体式的小说透露极致的颓废，以及自我毁灭。小说发表同年，太宰治自杀身亡，为自己的人生画下句号。

小说描述主角叶藏出身富裕，却隐藏真实的自己、不说内心话，被家庭孤立，与父亲情感疏离。随着年纪增长，依然走不出孤独的他，决定走向自我毁灭。读者从中见到作者自溺、疏离、温柔的个性，以及象征樱花于最美时刻凋落的幽玄美学。

▲太宰治在千叶市船桥的旧宅

文学景观

千叶县船桥市：船桥太宰治故居、田中药局遗址、船桥小学校、船桥出租屋、出租屋夹竹桃迹、长直登医院遗址、玉川旅馆

▲太宰治在船桥玉川旅馆住了好长一段时间

▲太宰治在船桥居住时，手植的夹竹桃，位于中央公民馆前

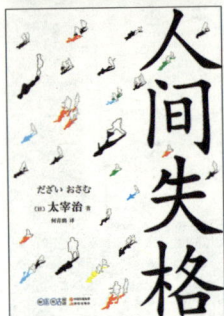

中文版本：
《人间失格》，许时嘉／译，
2009 年 10 月，吉林出版集团。
《人间失格》，何青鹏／译，
2016 年 10 月，现代出版社。

日文版《人间失格》

全书以作家身份"我"为口吻，叙述"二战"后，"我"在船桥认识酒吧的老板娘，老板娘把大庭叶藏的三本笔记和三张照片交给"我"，笔记分别为"第一手札""第二手札""第三手札"。"我"为它补上"前言"与"后记"，并将三封手札原封不动地呈现。大庭叶藏在这三本笔记中明白地记录自己从青少年到中年酗酒、沉溺女色，参加共产主义团体，后企图自杀，注射吗啡过量被送进医院，后来又被送进精神病院的生命历程。

主角自称惧怕人类，对任何人都难以产生亲切感，人与人之间的关系让他感到荒谬，只有躺在妓女怀里才能让他安心，他说那是一种"毫无算计，不带压迫，对于可能就此别过、两不相欠的好感"。大部分时间他并不直接表现对人的厌恶，反而用玩笑迎合他人，因此，其表面行为总是与内心想法背离。与内心真实想法落差太大的表面功夫，是让他痛苦的主要原因，所以他终日冒着被揭穿的风险，在别人面前演戏。

《人间失格》在第二次世界大战之后由新潮文库出版发行，至今印刷发行已经超过六百万册，与《奔跑吧！梅勒斯》《斜阳》等均为太宰治代表作。作家张大春评价说："《人间失格》是这位作家颠覆其个人与现代文学的一部挽歌，他和他的读者都会以黑塞那样'失落的一代'所惯有的'轻微的喜悦'来阅读这种自我挞伐的深层理性和深邃疯狂。"

太宰治与妻子石原美知子（摄自斜阳馆）

本名津岛修治的太宰治（摄自斜阳馆）

经典名句

- 我知道有人是爱我的，但我好像缺乏爱人的能力。

- 所谓世人，不就是你吗？

- 懦夫，连幸福都害怕，碰到棉花也会让他受伤，他甚至会被幸福所伤。

- 女人若是突然哭泣，只要给她一点甜食，她吃后就会恢复平静。

- 我急切盼望可以经历一场放纵的快乐，纵使巨大的悲哀将接踵而至，我也在所不惜。

31

正是一座青春情欲纪念碑

《假面的告白》／三岛由纪夫

让我迷惘的不是「获得」的欲望，而是「诱惑」本身。

作者·三岛由纪夫

　　原名平冈公威的三岛由纪夫，1925 年 1 月 14 日出生于东京市四谷区永住町。三岛六岁始即在祖母夏子的强势教育下，进入皇室贵族所属的学习院初等科就读。受制于生性固执且偏激的祖母严厉的要求，三岛形同遭封闭，只能在孤寂的环境中阅读，对文学产生浓厚兴趣。

　　体弱多病的三岛脸色苍白，染患"自体中毒"的痼疾，每个月或轻或重都会发作一次，出门上学，咽喉部位必须包扎纱布；上体育课，同学喊他叫"小白脸""青葫芦"，使他感到自卑不已。十岁后的三岛，课余时间都沉潜在文学创作的学习。

　　1942 年他选择学习院高等科文科乙类的大学预科升学，主修德语。短篇小说《繁花盛开的森林》在 1944 年由七丈书院印刷出版，一星期内销售四千册，数字惊人，蔚为文坛奇葩。青春的十七岁，他从一个业余的文学创作者进入专业作家领域，这恐怕也是日本现代文学界少见的"文学神童"。

1945 年，第二次世界大战进入最后阶段，日本军队的处境急转直下，兵败如山倒；2 月，时年十九岁的三岛收到征召电报，被派往群马县隶属中岛飞行机的小泉兵工厂担任劳动员。

凄厉的战争结束，三岛逃过惨死战场的命运，却萌生出强烈的死亡意识。这些关于死亡与文学、文学与灭绝的思考，成为他文学作品的重要元素，而且又无不深刻地发展成隐晦、华丽、阴沉、孤傲相互交织的鲜明的个人特色。

三岛潜心投身文学创作期间，一次偶然机会，目睹了意大利画家吉德·雷尼所画的《圣塞巴斯蒂安殉教图》，激起他年少时代即对男体充满的浓厚兴趣，他视男体为一种"足以令人窒息的美"，导致后来写下了半自传体的同性爱小说《假面的告白》。这本书的出版不仅轰动日本，就连描写同性爱"诱惑欲望"的生动文字，也成为日后同志文学的典范。

从三岛的作品不难发现，他心目中雄伟的男体便是自己。在《假面的告白》中，三岛借文字揭示隐藏在内心深处的性倾向，并将埋藏意识深层对男体的欲望，毫无保留地自白；在《金阁寺》中，他又透过患有口吃的主角沟口，表达个人对美的偏执态度。

两度获得诺贝尔文学奖提名的三岛，对传统武士道精神以及

▲主角就读的东京旧学习院初等科的正堂校舍

文学景观

东京都丰岛区：学习院大学

▲旧学习院初等科的教室

▲激发主角告白的《圣塞巴斯蒂安殉教图》

严厉的爱国主义极为赞赏，尤其第二次世界大战后，日本社会西化与主权受制于美国，令他不满。1968 年，他组织民间防卫团体楯之会。1970 年 11 月 25 日上午，三岛完成个人最后著作《丰饶之海》四部曲的最后一部《天人五衰》，并将原稿交付新潮文库出版社。

是日午前十一时，他带领楯之会四位主要成员，前往东京都市之谷的日本陆上自卫队东部方面总监部，假借"献宝刀给司令鉴赏"，进入二楼总监办公室，将自卫队总监部师团长绑架为人质，并加以软禁；接着，使用武士刀和短刀，击退八九名职员，随即走到总监部师团长办公室阳台，面对广场群众，预备进行两小时的演说。

未料广场群众哗然叫嚣，无人响应他的号召。场面混乱迫使他不得不在讲演进行五分钟后停止，黯然神伤地从阳台退回办公室。这是三岛由纪夫始料未及的结果。

三岛本来希望借由演说，达成保卫天皇与日本拥有军队自主权的意图，结果事与愿违，激愤下三岛变更计划，选择当场切腹自戕，并由楯之会成员森田必胜和古贺浩靖相继执行介错任务，结束性命。

三岛的死亡，好似朵朵盛开的樱花以飘逸之姿亲吻消逝的身影。人们在他的作品中也读到他对绝美的爱恋。

人世间存活短暂四十五年的三岛，留给世人无数精湛的文学作品，包括《假面的告白》《禁色》《潮骚》《忧国》《金阁寺》《午后曳航》《春雪》《天人五衰》等七十余部作品。

关于《假面的告白》

1949 年 7 月，由河出书房出版的《假面的告白》是三岛由纪夫为自己的性倾向进行精神分析写成的告白式小说，描述从幼年到青年时期的性意识与性幻想，由于真实、坦白、直接，造成轰动，从而确立其新进作家身份，奠定了他在日本文坛的重要地位。诺贝尔文学奖得主川端康成赞誉本书是"20 世纪 50 年代的希望"。

评论家认为《假面的告白》是半自传体的小说，三岛在写给编辑的信中提道："这次写的小说，是我生平第一本的私小说。"三岛原本想通过创作找寻自己偏好死亡的信念，后来无意找到同性恋的倾向。叙写过程，连三岛都不相信那是隐密在内心和精神世界最真实的告白。他说："告白的本质是不可能的。"既然连作者都如是认为，但所谓的告白不过是一种内省的不稳定表白，像是戴着面具演戏而已。三岛说："只有带肉的假面在告白。"

小说时空背景设定在第二次世界大战结束后混乱的日本社会。作者描写主角在学习院就学的同性恋经验，与友人的妹妹相恋及至背叛的过程，进而在军工厂和台湾少年工相处的情形。由于大胆处理同性恋题材，透过性倒错的内向型自白对内心进行理性探索，并从社会心理复杂的状态中压抑出发，进一步对抗传统道德、秩序和价值的束缚。暧昧的性倾向的自省式写作，使这本书甫一出版，便畅销热卖，成为文坛热

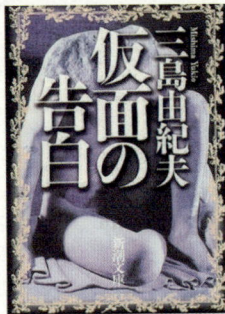

日文版《假面的告白》

门话题。

被读者形容为"正是一座青春情欲纪念碑"的《假面的告白》中，主角五岁时便彰显光怪陆离的内心世界，进入青春期，恋慕同性的欲念激增，使得天生身体孱弱，时常为自己弱势的外表感到羞愧的人，开始爱恋强健而富野性的年轻同性，并立志进行精神的自我锻炼。然而肉体的成长无法令自己满意，他感到悲哀，就像身体被撕裂的伤悲那样。对肉体自卑，使他酝酿出对男体的激烈倾慕。

主角对肉体的重视，倾注在对同性下半身的性暗示，他的性自觉来自少年时代对吉德·雷尼所绘《圣塞巴斯蒂安殉教图》的向往：

> 一个俊美至极的青年裸身被绑在树干，双手高高交叉。缚住的双腕连在树干上，没有其他绳子，遮蔽青年裸体的只有腰部以下的白色粗布而已。

他形容那张文艺复兴时代的殉教图是：

> 呈现在挺出的胸膛、结实的腹部

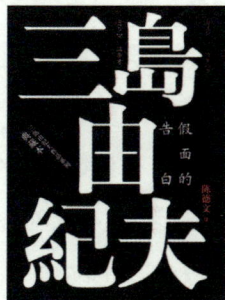

中文版本：

《假面的告白》，陈德文／译，2020 年 4 月，上海译文出版社。
《假面的告白》，孙容成、戴焕／译，2020 年 5 月，北京十月文艺出版社。

及稍稍弯曲的腰部周围，并非痛苦，而是某种使人醺然
欲醉的乐音。

"下半身巨大无比""他的制服显露出一种充实的重量感和肉
感"的青春同伴近江"启蒙"了主角"有生以来第一次的爱"。他
说："对近江这份难以言喻的倾慕，我没有进行任何意识上或道德
上的批判，如果企图集中意识加以批判，那我早自其中退出了。
我想，如果有一种不具备持续与进行的爱存在，那么我的情形正
属这个。我看近江的目光，每一个眼神都可以说是'最初的一瞥'，
换句话说，也是'最欣羡的一瞥'。这种无意识的举动，不断侵蚀
我十五岁的纯洁。"他不想"爱聪明的人"，由是愈加显现他对近
江的肉体产生的自卑与在才智的优越性互作比较，然而，肉体的
自卑和才智上的优越始终困扰他。

三岛认为一切艺术都是假面告白，说道：

> 他人眼中所看到的我的演技，对我来说却正是回归
> 本质的要求；他人眼中显现为自然的我，却恰恰是我的
> 演技。

作者运用告白方式，试图拂去人性的伪善，他借由小说的传
播力量，揭示隐藏在自己内心深处的性倾向，并将埋藏意识深层
的性欲望，毫无保留地剖白出来，进行冷静分析，予以分辨人类

性思维的本质和非本质的奥义。

李永炽教授说："如何克服或统合自卑与优越这两种相对的意识，自是三岛由纪夫的主要课题，事实上，三岛是借'时间与空间混杂交错的舞台'与'演技'，使这两种相对的意识组合起来。在由主角扮演的'天胜'中，三岛叙述说：'我的狂热集中在自己扮演的天胜晾在诸多眼睛的意识中，只看到自己。'换言之，借演技意识到诸多眼睛，而在其旋涡中自然统合了自卑与优越。事实上，在《假面的告白》中，阅读所引发的想象及生活中的现实体验都靠'演技'统合似真似假的境界。"

完全凭主角的梦想意识轨迹构成的《假面的告白》，不能单纯以同性恋题材视之，在虚实相迭的世界，在呈现真实自我的私小说领域，这本书是"小说中的小说"。

经典名句

- 一种莫名的伤感使我全身颤抖，像孤独的太阳灼烫我。
- 把自己伪装成正常人的意识，侵蚀了我本来的正常状态，人们所见的正是我伪装的正常。
- 眼睛因把我当成同类而露出难得一见的亲密光芒。
- 再没有比我的敏感部位勃起更能明白显示爱的存在。

作者·井上靖

《风林火山》／井上靖

其疾如风，其徐如林，侵掠如火，不动如山。

1907 年出生于北海道旭川町，原籍静冈县田方郡上狩野村的井上靖，父亲井上隼雄任职旭川第七师团军医部。他五岁时，父母离开家乡伊豆，由曾祖父的妾室加乃抚养。

1914 年，井上靖进入汤岛小学就读，二年级时，母亲的妹妹美琪从沼津女子学校毕业回家乡，受聘到汤岛小学担任代课老师。美琪十分疼爱井上靖，他也喜欢年轻貌美的漂亮姨妈，在他心目中，美琪替代了远在旭川的母亲。他把对母亲的思念转化成对姨妈的喜爱。

后来，姨妈爱上学校一位年轻的男同事，怀孕后辞职离校。

当时，怀有身孕的美琪为了避人耳目，趁夜搭乘人力车出嫁。

这段情节，出现在井上靖日后写作的《拉车的白马》。姨妈出嫁不久因病去世，她美好的青春影像留在井上靖心中，发展成永恒的女性偶像。

这种对母亲的思念之情，转而寄托在年轻姨妈身上，井上靖将之表现在《射程》中的三石多津子、《冰壁》中的美那子、《风林火山》中的由布姬和《灰狼》中的忽兰，这些令人憧憬的温柔女性，几乎都化身自姨妈的形象。

就读中学二年级时，井上靖转学到沼津中学，住在三岛的伯母家。离开双亲的约束管教，井上靖的成绩一落千丈，四年级时被送到沼津的妙觉寺寄宿，个性变得懒散，学会了抽烟喝酒，也结交了不少爱好文学的朋友。文学开始在他心中萌芽。

1930 年，井上靖进入九州大学文学部英文系就读，兴趣所致，两年后重考进入京都大学文学部哲学系，专攻美学。井上靖由于中学时代接触中国历史、文化，进大学后，涉猎中国文史，阅读《史记》《汉书》以及《后汉书》等史籍。

1937 年中日战争爆发，井上靖被征召入伍，去到中国河北，四个月后因脚气病发作返国，同年退伍。战争结束后，井上靖陆续在关西地区的杂志和报纸发表诗作。1950 年以小说《斗牛》获芥川奖。1958 年，诗集《北国》问世，后又相继出版《地中海》《运河》《季节》《远征路》《干河道》《星阑干》等诗集。20 世纪 40 年代末期，井上靖开始从事历史小说创作，创作有描写敦煌千佛洞由来的《敦煌》、讲述成吉思汗的《灰狼》、以朝鲜人立场描

▲位于伊豆"昭和之森"的井上靖旧邸

文学景观

长野县：千曲川、犀川的川中岛、八幡原史迹公园、轻井泽

岐阜县：木曾古道、中山道马笼宿、中山道妻笼宿

富山县：黑部湖、立山

▲长野市八幡原史迹公园为川中岛合战古战场遗迹

▲川中岛合战的上杉谦信和武田信玄雕像

写蒙古征战日本的《风涛》、追溯大黑屋光太夫漂流生涯的《俄罗西亚国醉梦谭》等作品，成就他历史小说作家的地位。1976 年荣获井上靖日本文化勋章。

与司马辽太郎并列中国历史小说创作大师的井上靖，一生走访中国二十七次。1980 年，七十三岁的井上靖受邀担任 NHK 电视台《丝绸之路》艺术顾问，与日本广播协会、中国中央电视台的摄制人员，在戈壁骄阳和大漠风沙中寻访丝路古道，不仅使自己成为中国历史专家，且掀起一阵世界性的"敦煌热"。

1991 年 1 月 29 日，井上靖因病去世，戒名峰云院文华法德日靖居士，葬于静冈县伊豆市汤岛，葬仪委员长为司马辽太郎。井上靖是继川端康成后在伊豆留下最多足迹的文学家，他就学的汤岛小学、井上靖文学碑、矗立在汤岛山丘上的井上靖慰灵诗碑，以及位于"伊豆森"的井上靖旧邸都成为文学景点。

井上靖一生获奖无数，著作上百部，包括小说、诗歌、随笔、纪行等，具体有《流转》《夏草冬涛》《流沙》《孔子》《风林火山》《敦煌》《旅路》《天平之甍》等。

关于《风林火山》

1955 年由新潮社出版的《风林火山》是日本作家井上靖著名的历史小说。小说叙述 16 世纪上半叶的战国时代，参与今川义元家族斗争，仕官被拒的山本勘助，投靠武田信玄成为军师后，在 1561 年第四次川中岛会战中提出"啄木鸟战术"，反被上杉谦信识破，最后硬冲敌营，不幸败北阵亡的故事。是日本战国时代的缩影。

"风林火山"是武田军的旗号，语出《孙子兵法》："故其疾如风，其徐如林，侵掠如火，不动如山，动如雷震。"井上靖在著作中引用了包括孙子、庄子和司马迁《史记·南越传》的名言名句，如"兵者诡道也"，即孙子所云："兵不厌诈。"

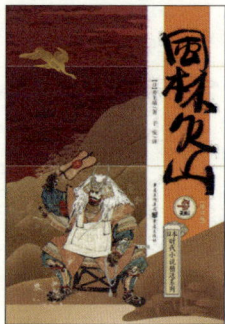

中文版本：
《风林火山》，子安／译，
2014 年 1 月，重庆出版社。

日文版《风林火山》

小说描述了战国群英中少数智勇双全、用兵如神的武将武田信玄以"风林火山"的精神和谋略开疆拓土，著名的"啄木鸟战术"即是武田氏主要战术之一。

所谓的"啄木鸟战术"是模仿啄木鸟捉虫时敲击树的背面，再在树的正面等虫出来，是由武田信玄的家臣兼军师山本勘助在第四次川中岛合战提出的战法。武田军兵分两路，本队 8000 人，奇袭队 1.3 万人，利用晨间进攻上杉军营。

可惜武田军的对手是素有"军神"之称的上杉谦信，"啄木鸟战法"被其识破。黎明时刻，武田军本队受上杉军 1.6 万大军猛烈攻击，山本勘助为负败战重责，突进上杉军，最终战死。激战至午前，武田军奇袭队匆匆赶到，但上杉军早已撤退。"啄木鸟战术"在第四次川中岛合战中虽遭上杉谦信破解，但武田信玄在扩展版图过程的多次战役中依然多次使用这个战术，且屡屡获取胜利，并得到"天下第一骑兵队"的美誉。

　　武田信玄以雷霆万钧之势进攻信浓，平定信浓后，梦想挥军西上，一举入都，号令天下，却在"桶狭间之役"被织田信长所阻，后来病痛缠身，心力交瘁，虽在三方原战胜德川家康，却已是时不我予了。

《潮骚》／三岛由纪夫

男人需要的是魄力，门第和财富倒是次要的。

作者·三岛由纪夫

关于《潮骚》

1951 年，三岛由纪夫以《朝日新闻》特别通讯员的身份，自横滨搭船出海，开始环游世界的文学旅行。这是他有生以来第一次的梦想之旅。他在希腊获得西方文明的美学体验，成为日后写作《潮骚》的关键。

1953 年 3 月和 8 月，他先后两度前往三重县伊势湾的歌岛（今称神岛）旅行，并收集《潮骚》的写作材料。隔年 6 月，《潮骚》由新潮社出版，同时为该书改编拍成电影进行准备工作。这部万众瞩目的电影，由东宝映画于 10 月拍摄完成。小说与电影推出不久，大受好评。是年底，新潮社创立第一届"新潮社文学奖"，三岛以《潮骚》一书拿下首届大奖。

潮骚，日文为しおさい，原意指潮水汹涌拍击岸边所发出的浪涛声。三岛写作《潮骚》的动机在于希腊旅行中，他对希腊的历史及文化美学体验良多，强烈感受到生命力的重要性，因而萌生以古希腊文学家朗戈斯最出色的田园诗式的爱情小说《达夫尼斯和赫洛亚》为蓝本，写出一部日本式的现代爱情传奇，讲述与肉欲无关的纯洁爱恋，借以赞颂朴素真挚的爱情。这个念头的形成，正是《潮骚》诞生的近因。

《潮骚》以战后渔村生活和爱情为题材，描写父亲在战争中丧命、家境清寒的十八岁年轻渔夫久保新治与财势雄厚的船主的独生女宫田初江的恋情。两人从无意间相识、相知到相爱，其间屡遭挫折，却坚贞不渝，最后有情人终成眷属。全身洋溢纯真之美的女主角初江，勇于冲破世俗对男女情爱的偏见。她鄙视以门第财富为诱因的爱情，执着追求真爱，憧憬美好的未来。尽管她和男主角新治的性格、家庭环境差异极大，但两人纯朴又善良的内心却相通。女主角的父亲照吉故意制造障碍，考验女儿和新治的爱情是否坚定，表明只要新治能经历人生风雨，遍尝人间辛酸，就能获得初江。

三岛说："《潮骚》是以《达夫尼斯和赫洛亚》为蓝本，寻觅被文明隔绝却弥漫淳朴美学的小岛。"《达夫尼斯和赫洛亚》着

日文版《潮骚》

▲《潮骚》文学舞台：鸟羽

文学景观

三重县鸟羽市：鸟羽港、御木本幸吉真珠岛
三重县：伊势湾歌岛、八代神社、歌岛灯塔

▲鸟羽神岛的八代神社是主角出没地

▲新治和初江出现在鸟羽神岛的灯塔

力刻画主角恋爱中的欢乐和痛苦，讴歌朴素和真挚的爱情；三岛的《潮骚》则借富家之女和家贫如洗的年轻渔民之间强烈的反差性格，铺展清淡有味的内在冲突，更让读者见识伊势湾歌岛村纯朴渔民的良善灵魂。

三岛一度认为世界充满"虚妄"，经过一趟浪漫的希腊文明的洗礼，希望在战后一片虚妄的呐喊声中，能让文学内涵绽放美丽灿烂的圆满花朵。

构思《潮骚》的写作，以及完成《潮骚》的出版，便是源自这种心情。

"在'虚妄'之上，要如何才能开出美的灿烂花朵？"这是何等深奥的议题。三岛以他对文学的热爱，用《潮骚》宁静中的波折，甚至波折中美的宁静去完成。这和他人生末期以殉美、殉道和殉死为依归，完成对"虚妄"的态度，同出一辙。

曾经五度被拍成电影的《潮骚》，看来极似寻常爱情小说，经由"心灵虚妄"的三岛叙述描写，仿佛神话，又像是现代寓言美学，引人入胜，使人心甘情愿地进入那个朴素又宁静、波折不断的爱情故事里。

中文版本：

《潮骚》，唐月梅／译，2015 年 3 月，九州出版社。

《潮骚》，张舟／译，2018 年 9 月，北京十月文艺出版社。

经典名句

- 新治明白过来这不是梦时，脑海闪过一个狡黠的念头。

- 就是这种弹力！原先我所想象的藏在红毛衣下面的，就是这种弹力啊！

- 不要，不要……出嫁前的姑娘不能这样！

《金阁寺》／三岛由纪夫

这美丽的东西不久即成灰烬。

作者·三岛由纪夫

关于《金阁寺》

1956 年出版的《金阁寺》，是三岛由纪夫创作中期的代表作。全文刊于 1956 年的《新潮》杂志，同时由新潮文库出版，翌年荣获第八届读卖文学奖。该书以位于京都北区的金阁寺纵火案为背景写成，作者投入不少心血刻画其中的梦与幻境。

《金阁寺》甫出版问世，即获惊人回响。读者对这部小说所欲传达的美学内涵抱以热烈的寻索向往之心，纷纷议论三岛如何能将一则见习僧侣烧毁金阁寺的新闻，写成"绝美的金阁寺"，表达"美丽的景色是地狱"的思想。

金阁寺原名鹿苑寺，1394 年由幕府将军足利义满建造，因金碧辉煌的外观倒映在湖面，显露金色楼阁的迷蒙水影，被人们誉称"金阁"。在镰仓时期是西园寺公经的别墅。1950 年 7 月 20 日，一名就读大谷大学的韩国籍见习僧人林养贤引火自焚，金阁寺遭烧毁，连同供奉殿中的国宝、足利义满雕像也化为灰烬。金阁被焚毁的事件震惊全日本。不久，三岛由纪夫、水上勉两位作家相继拿这则新闻为题材，分别写下《金阁寺》与《五番町夕雾楼》。

1965 年 9 月，三岛由纪夫以《金阁寺》一书被提名为诺贝尔文学奖候选人。该书被译成十三国文字，英译书名为 *The Temple of the Golden Pavilion*。这本书被学界公认为三岛最具象征性、最耐人寻味的作品，日本文坛将其赞誉为三岛美学的最高杰作。历年来，《金阁寺》被三次搬上大银幕，并被改编成舞台剧。

书中描写患有口吃的青年僧侣沟口，出生于京都舞鹤东北角的一座小寺院。父亲是这座寺院的住持。沟口天生患有严重口吃，长相丑陋，严重自卑。他从小听闻父亲讲述金阁寺的陈年旧事，父亲的说辞在他年少的心中激起对金阁无限美的幻想。他心里虽崇尚极致美，但口吃障碍，导致他跟外界阻绝，兀自沉溺在个人的梦幻中。三岛安排这个被从人生中隔绝的少年，产生"在黑暗的世界中伸展大手等待着"的自觉与对美的诅咒，最后为了摆脱美的形象羁绊，纵火焚烧"美得惊人"的金阁寺。

他的"伸展大手等待"即是期待美的金阁寺被烧毁。一开始，他便相信自己对金阁寺的美是"我跟金阁寺同住在一个世界里"。直到日本战败，他内心扭曲与幻灭的意识不断加深，对金阁寺的

▲看雪中金阁寺，成为京都人雪季的最爱

文学景观

京都：金阁寺、镜湖池、夕佳亭、大谷大学、相国寺、南禅寺、岚山、小督局娘之墓、舞鹤

▲金阁寺夕佳亭是《金阁寺》故事另一场景

▲《金阁寺》的故事主场景夏季的金阁寺

爱恨与日俱增，形成"金阁寺与我的关系已经断绝了"的念头。

后来，经由师父奔走引荐，沟口进入大谷大学就读，并在学校认识患有严重内八字脚的柏木。柏木是个想法虚无的青年，经常传授沟口"恶"的意念。沟口受到柏木的影响极深，柏木甚至怂恿他强暴女人，以期借由跟女人交媾的行为，达到"参与人生"的目的。不幸的是，在沟口与女性的两次亲密行为中，他脑海中都浮现金阁的幻影。这个美丽的幻景，沉重阻碍他无法顺利参与"人生"。

《金阁寺》一书付梓前，评论家中村光夫曾向三岛提及："删去第十章火烧金阁寺的场景，怎么样？"三岛回答："但是，做爱到了一半却中断，对身体是有害的啊！"

绝美的金阁，三岛如是形容："美，君临天下，统摄着这些部分的争执和矛盾，解决一切的不调和。"

《金阁寺》出版迄今已然超过半个世纪。三岛在这部盛年时期完成的小说中，不仅将罪犯行为艺术化，通过华丽又优美的文笔美化金阁，让这座被患有口吃的见习僧人沟口形容为"非将金阁烧毁"的寺院，化成美的永恒幻影。

中文版本：
《金阁寺》，唐月梅／译，2015年3月，九州出版社。
《金阁寺》，代珂／译，2018年1月，北京十月文艺出版社。

《金阁寺》堪称三岛文学创作巅峰之作，在世界文坛闪烁璀璨的文学光芒，不仅因为作者以巧思布局把纵火者沟口将美的金阁毁灭的行为释义为"瞬间即永恒"的哲思；而且，三岛纯美华丽的文笔所建构的文学殿堂，更是这部小说历经半个世纪仍为许多读者爱不释手的主因。

日文版《金阁寺》

阅读《金阁寺》不由得令人对作者在作品中表露出的传统的日本美学所彰显的典雅、华丽的文字与翩然传达的艺术境界感到赞佩不已。

经典名句

- 金阁犹似横渡"时间之海"而来的一艘美丽的船。
- 金阁已不是不动的建筑物，而是现象界虚幻无常的象征。
- 爱他的人的心，由于不安而悸动。
- 美丽的景色是地狱啊！

《饲养》／大江健三郎

刻画了超越个人的意志和热情，与自然和时间进行搏斗的形象。

作者·大江健三郎

1935 年 1 月出生于四国爱媛县喜多郡大濑村的大江健三郎，是日本当代著名的小说家、存在主义作家。他从小聪敏过人，喜好阅读文学书籍，小时候购得的第一本书是陀斯妥耶夫斯基的《罪与罚》。中学就读于松山高中，1954 年 4 月进东京大学文学部第二类法文系就学，因成绩优异获奖助学金。生平第一篇文学作品是在入学时为同学演出所写的《天叹》。后来加入文艺部社团，参与校刊编辑，并开始写诗和评论。

1955 年 9 月，大江健三郎在东京大学教养学部校友会的会刊《学园》上发表《火山》，并获银杏并木奖。1957 年 5 月在《东大新闻》发表《奇妙的工作》获"五月祭奖"，赢得"学生作家""川端康成第二"的赞誉。1958年又以《饲养》（又有译为《饲育》）获第三十九届芥川奖，逐渐受日本文坛关注。

翌年，他从东京大学毕业，论文是《论萨特小说里的形象》。

大江在求学期间已是多产作家，陆续出版《死者的奢华》《他人之足》《石膏假面具》《伪证之时》《搬运》《鸠》《毁芽弃子》《意外的芽》《喝彩》《战争的今日》《北之岛》《夜慢行》《此外的地方》《我们的时代》等作品。

1960年2月，大江跟导演伊丹十三的妹妹伊丹由加理结为连理，生下身体严重残障的畸形儿，小孩后脑长出肉瘤，就像多长了一个脑袋似的，多次手术都没成效。大江一度跑到江之岛试图投水自尽，后来认清事实，认为逃避现实更愧对家人和妻子，因此勤以写作疗伤。

大江以儿子"光"为主题的作品包含早期的《个人的体验》《万延元年的足球队》与1990年的《寂静的生活》。

1960年开始，以反战为题，大江在《文学界》杂志连载《青年之污名》。1962年，一名好友因担心核战将毁灭地球，自杀身亡，大江有感而发，前往广岛探究原子弹轰炸过后的废墟。1964年4月，大江在《世界》杂志连载半年的《广岛笔记》，奠定他成为大文学家的地位，该书受到巨大回响。

大江所有作品中，《万延元年的足球队》最受推崇，被译成多国文字，1967年获第三届谷崎润一郎奖。1973年他的长篇小说《洪水淹没我的灵魂》获第二十六届野间文艺奖。2006年，恰值大江写作五十周年、讲谈社创立一百周年，双方共同设立"大江健三郎奖"。

1994 年，其作品以"存在着超越语言与文化的契机、崭新的见解、充满凝练形象的诗这种'变异的现实主义'，让他回归自我主题的强烈迷恋消除了语言等障碍"，荣膺诺贝尔文学奖。有人得知大江获奖相当惊讶，认为"持续批评日本的态度"才是大江被瑞典文学院青睐的原因。大江解释，他的获奖是"边缘（文学）对中心的胜利"。他认为从文化角度看，日本应该被视为世界的边缘。

同年 12 月 10 日，大江健三郎在瑞典首都斯德哥尔摩的诺贝尔奖颁奖典礼上领取文学奖奖章。瑞典文学院指出大江文学成就在于："以诗的创造力，把现实和神话作密切结合，表现了想象的世界，并对人间样态做出冲击性的描述。"

大江健三郎后期的写作，主要为《奇怪的二人配》三部曲：《被偷换的孩子》《愁容童子》《别了，我的书！》。三部曲之后，2007年他又发表了《优美的安娜贝尔·李寒彻颤栗早逝去》。2009 年10 月 8 日凌晨，在中国台北短暂旅行时完稿《水死》，于 12 月 15日由讲谈社出版。

关于《饲养》

日文版《死者的奢华·饲养》（死者の奢り·饲育）原名为《饲养》，1959 年由新潮社出版，收录六篇小说《饲养》《死者的奢华》

《他人之足》《人羊》《不意之哑》《今日之战》，都是大江健三郎发表于 1957—1958 年的早期成名作。大江受第二次世界大战影响，作品主题充满反战思想，其中《饲养》获得第三十九届芥川奖。

小说描述日本某个山间小村落，即便面临战火硝烟的第二次世界大战，村子依旧保持半封闭的乌托邦状态。某天，一场坠机事件搅乱了村落的安宁。村子里的男人在坠机现场逮到一名黑人士兵，因为不知如何处置，暂时将他关进地窖，等候町上发落。

问题来了，村子多了个陌生人，全村的人必须轮流负责饲养这名黑人士兵。这时，一名刚迈入青春期的男孩负责给黑人送饭，士兵温和的态度使男孩义无反顾地替他解开脚镣，而黑人士兵离开地窖，重新回到地面上。虽然双方言语不通，村子里的小孩却很喜欢他。黑人和村民很快建立起友谊。

中文版本：
《饲养》，李硕／译，2016年1月，人民文学出版社。

日文版《死者的奢华·饲养》

不久，装着义肢走路的村干事带来必须将黑人送到町上的坏消息，震惊了村人。面对众人包围，黑人瞬间陷入疯狂，原本照料他的男孩被抓去当人质，反锁到地窖。

《饲养》中的"饲养"指向的不是黑人，而是村落蠢蠢欲动，即将发生的"变化"：

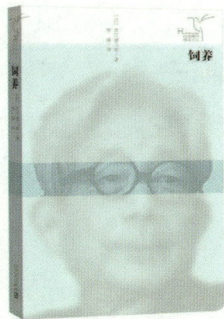

一种是男孩因为这次事变成长为男人；另一种是封闭的小镇因为外力侵入，以及内部产生质变所引起的变动。也就是，村人被迫和镇上进行交涉，像是新生了一种现实的幻化物，迫使他们面对自己的无力感，是一种变化；黑人对孩子来说就像夏日忽然出现的新鲜事物，是童年的灿烂中存在的具体意象，更是一种变化。

作者叙述，真正让男孩受伤的，不是发狂失控的黑人的出现破坏了村落原有的平衡；反而是聚集在地窖天窗外，那群试图闯入的大人，他们不顾一切的暴力行为，让男孩的心灵深受冲击。真正失控的，不是从头到尾成为村人"镜子"的黑人，而是被混乱支配的大人。然而，当这个宁静的村落在黑人发狂、被杀害之后，美好乌托邦的意象也跟着走向毁灭的境地。

最终，村子里的孩童拿失事飞机的残骸尾翼，当滑橇使用。那个唯一能够理解男孩的町上的干部，却要孩子将滑橇借给他使用，进而滑向死亡的印记。这仿佛告诉世人，男孩的成人仪式已告一段落，而新生或死亡，纯真或混乱，悲伤或平静，混杂一起，像拨开混沌不明的未来。

经典名句

- 对于成人世界，我有一种抵制、厌恶的感觉。在本该无忧无虑的童年，我却被强迫长大。

- 月夜下掏鸟窝、玩爬犁、抓野狗崽——这一切都是小孩的把戏，而我已与那个世界无缘了。

《砂器》／松本清张

是什么样的完美犯罪，让警方不惜南北追寻线索？

作者·松本清张

　　1909 年出生于九州小仓北区一个商贩家庭的松本清张，家境清寒，幼年失学。十三岁被迫辍学谋生，当过学徒、街头小贩，做过《朝日新闻》社驻小仓西部本社广告制图工。1943 年他被征召入伍，前往朝鲜任卫生兵。第二次世界大战结束，他被遣送返国，仍旧回到报社担任原职。

　　战后初期，日本经济萧条，为养活七口之家，他奔波于关西和九州之间，批发贩卖笤帚。松本清张的回忆录《半生记》细致地描绘了这段长期遭受歧视的辛酸往事。这屈辱的生活为他的思想提供了成长的土壤，成为他创作的本源。《菊花枕》《断碑》等著作就是他在逆境中顽强不屈并改变命运的佐证。

松本清张一生创作不辍。1955 年以《埋伏》一书跻身推理小说作家之列，他以权与法、善与恶、罪与罚等社会问题为题材，披露人性与社会黑暗面。他作品最大的特色就是用推理的方式，探究犯罪的根源，揭露社会不公之恶，深切反映人性中潜在的矛盾和苦恼。他的作品《砂器》《波之塔》《雾之旗》等小说被改编成电视剧或电影。1953 年松本清张获芥川奖，1956 年获日本探侦作家俱乐部奖（"日本推理作家协会奖"的前身），1959 年获文艺春秋读者奖，1966 年荣获吉川英治文学奖，1970 年获菊池宽奖，1990 年获朝日奖。多产的松本清张是日本推理小说的标杆性人物。

坐落小仓城一隅的松本清张纪念馆，是生于小仓板柜村的著名推理小说作家松本清张文学馆。纪念馆以展品和图像的形式介绍松本清张的生平与创作活动。馆内有长 22 米的由松本清张年谱，以及与当代新闻结合构成的巨大年表。推理剧场播映按原著改编的原创动画片《点与线》，尤具吸引力。纪念馆还设有可供查阅松本清张相关著作的图书室、纪念品贩售处、阅览室、咖啡馆等，是一座现代化建筑的文学馆。

关于《砂器》

《砂器》是四五十岁推理迷的共同记忆，叙述了人可以战胜命运，却无法正常面对它；人的命运有缺口，但别用出卖灵魂去遮掩。作者说："所谓宿命，是活在这个世界。"又说："用砂铸成的名器，是如此不堪一击。"松本清张在《砂器》创造了好几个关键

▲松本清张纪念馆设在九州小仓城边

文学景观

秋田、岛根、伊势、石川、大阪、京都、名古屋

熊本市：熊本城松本清张纪念馆

▲九州小仓北区城内松本清张纪念馆

▲《砂器》电影海报

谜题，读者最想知道：凶手到底是谁？龟田？秀夫？音乐？砂器又是怎样的武器？

《砂器》是松本清张创作的社会派推理小说，以"人性世界"为主轴，书名意指"砂子做成的城堡"。1960 年 5 月 17 日到 1961 年 4 月 20 日，该小说在《读卖新闻》晚报连载，同年由光文社出版。松本清张讲故事的步调紧凑不烦琐，剧情跌宕起伏有张力。

小说叙述 1971 年某夜，一名男子无端被杀害，陈尸在国有铁道蒲田站编组场。经过调查，被害人的身份不明，死因是被钝器击破头部，导致前头盖骨凹陷致死。唯一可靠的线索是，被害人生前曾在邻近一家小酒馆中与一名陌生人饮酒，谈话间不时流露东北口音，并曾多次提及"kameda"这句令人丈二金刚摸不着头脑的话。

被害人后来被证实是从冈山县英田郡外出旅行的三木谦一。尽管知道被害人身份，警视厅的调查工作依然困难重重。搜查一课的刑警今西荣太郎顶着烈日，奔波探访远至东北秋田、岛根深山、大阪、京都、名古屋等地，历经数月，精心追踪三木谦一生前的作为，注意到一名叫本浦秀

中文版本：
《砂器》，赵德远／译，2016 年 5 月，南海出版公司。

日文版《砂器》

夫的男性。这个人出生于石川县小村落，父亲因罹患麻风病遭母亲离弃，两父子从此流浪异乡。三年后，去到岛根县龟嵩郡，受到巡查三木谦一照应，他父亲后来得以顺利进入疗养所，而本浦秀夫也被没有子嗣的三木夫妇收养。

好景不常，没隔多久，秀夫从三木家出走，从此消失无踪。原来秀夫逃到大阪，在和贺家的脚踏车店当学徒。之后，和贺夫妇因空袭双亡，秀夫假托和贺夫妇之子，化名和贺英良。之后，他依托政治势力成为颇有名望的作曲家，受到世人关注。不过，他深怕自己的身世有朝一日被发现，于是将突然来访并希望他探望生父的三木在蒲田车站杀害。随着取名"宿命"的秀夫个人音乐会的落幕，在场外等待他的，是警视厅签发的逮捕令。

今西刑警揭开重重疑云，交织出一部不可解的宿命般的乐章。

经典名句

- 面条干随着嫩叶的芳香而发光。
- 北方之旅，因浅蓝色的海洋冲淡了炎热的夏天。
- 不，我才不出去，难得一见丑陋的场面，我还要开开眼界。

《砂女》／安部公房

一名昆虫采集者无意间到了沙漠村落，被诱骗进入砂之监狱。

作者·安部公房

1924 年 3 月出生于东京泷野川医生家庭的安部公房，原籍北海道旭川市。他的父亲曾在中国沈阳医科大学任教，安部公房的小学、中学都在中国就读；1943 年考进东京大学医学系，就学期间对日本当局"大东亚共荣圈"的主张极为厌恶、反感，索性伪造病历逃避兵役，休学回到沈阳。

战后，他依靠卖咸菜和煤球维生。1947 年与山田真知子结婚，继续未完成的医学系学业，毕业后弃医从文。1948 年完成第一部长篇小说《道路尽头的标志》。《日本文学史》评论："安部公房写出《道路尽头的标志》，是战后文学划时代的事件。"同年加入花田清辉领导的"夜之会"，开始关注超现实主义；后来又受到里尔克影响，脱离存在主义，加入日本共产党，从事政治活动。1962
年 2 月，被开除党籍。

由于长期受存在主义和超现实主义影响，作品竭力揭露社会
不公。其作品有:《道路尽头的标志》《赤茧》《墙——卡尔玛氏的
犯罪》《砂女》《他人的脸》《箱男》《方舟樱花号》等。《墙——卡
尔玛氏的犯罪》获芥川奖，《砂女》获第十四届读卖文学奖、法国
最佳外国文学奖。

除了小说，安部公房对舞台剧、电影、电视等艺术创作不遗
余力，曾任美国电影艺术与科学学会的会员，并且对赛车、摄影、
发明也兴趣浓厚。1977 年安部公房成为美国文理科学院荣誉会员。
1992 年 12 月 25 日深夜，安部公房写作时突发脑出血住院，隔年
1 月 22 日因心律不齐去世，享年六十八岁。之后，由新潮社出版
他的作品《飞翔的男人》。

1994 年获诺贝尔文学奖的大江健三郎说:"作为战后随日本经
济高速增长期一起成长的作家，安部的创作仿佛是一部日本人的
心灵史，那种由于物化现实而导致的人与环境、人与自身的疏离
感充斥其作品。作家对这种现实，无论就思考的深度或表现手法
的成熟而言，都直逼卡夫卡，如称他为'日本的卡夫卡'也不为
过。和卡夫卡一样，安部的作品风格冷峻，意念性强，叙述偏于
抽象。他从来都是撇开现实的外部，直接描写内在结构。比如，
他极少完全描写人物的经历事件，而是直接表现人物的存在状态，
这使得我们很难看到故事的发生，很难寻求情节的演进，目光永

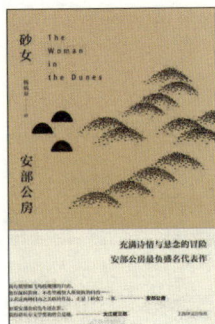

远被引向人的处境，并思考这样的处境。"

关于《砂女》

1962 年出版的《砂女》，是安部公房的代表作，并令他在世界文坛享有极高声望。小说描述一位爱好采集昆虫、从事教职的男子，去远离都市的海边砂丘寻找罕见昆虫，期盼有朝一日自己的名字能列入百科全书，并借此逃离单调乏味的生活。一天，他因迷路误闯砂丘村落，在村民的哄骗下来到一个因砂崩而失去丈夫和孩子的女人家。女人的家在砂丘地底，随时有被活埋的危机，她的生活就是每天挖砂给村民，以换取生活必需品。村民要男人协助女人挖砂，但对于男子而言，无异于被囚入监牢。

男人为了不让自己被砂吞噬，只有日复一日、永无休止地挖掘，犹如西西弗斯推着巨石上山的工作，命运就此成了无休止的劳动。他渐渐忘记自己的身份，也相信挖砂是必然的事，即使有机会可以逃走，他也不走。他已经不知道自己可以逃到什么地方去，甚至发现外面的世界跟在砂丘下挖砂，

中文版本：
《砂女》，杨炳辰／译，2017年3月，上海译文出版社。
《砂女》，于荣胜／译，2018年8月，人民文学出版社。

日文版《砂女》

本质无甚区别。

　　小说设定在"砂洞内"，暗喻资本主义社会异化，人与人、人与社会互不沟通，处在绝对孤独的抽象世界。正如作者所言：

◀▲山阴鸟取县砂丘海岸线

▲鸟取市海岸砂丘

▲鸟取砂丘骆驼队

　　　　没有一件是不可或缺的。那是参差不齐地堆起虚幻
　　的红砖所形成的虚幻之塔。总之，日常生活就是这样，
　　所以任何人也都明明知道这是无意义的，却还是将圆规
　　的中心置于自己家中。

又说：

　　　　的确，砂并不适合生存。然而对生存来说，安定难
　　道是绝对不可或缺的吗？难道不正因为固执于安定，所
　　以才开始有那令人厌烦的竞争的吗？若是不求安定，委
　　身给砂的流动的话，应该也就不会有竞争了。事实上，
　　砂漠中也有花开，栖息着虫子和禽兽。那是利用强韧的
　　适应能力，逃到竞争圈之外的生物。

　　这是一部充满鲜明意象、存在意识强烈的小说，作者饶富诗
情的文笔，使人着迷感动，堪称文学佳构。

经典名句

- 心脏就像破裂的乒乓球一样不自然地弹跳起来。虽说缺少可以
  联想的东西，可怎么就又想起了那种不吉利的东西呢？话说回
  来，十月的风含有令人难受的悔恨的余韵。

《古都》／川端康成

日本传统的残缺美学和悲剧美学的集结。

作者·川端康成

关于《古都》

　　川端康成的《古都》于 1962 年出版，故事发生在第二次世界大战后的京都，借由一对失散姐妹的离合情怀、男女爱恋、媒妁婚姻，并佐以传统祭典流露的拘谨意识，呈现日本文化独特的美学。

　　1968 年，川端以《雪国》《千只鹤》《古都》三部小说荣膺诺贝尔文学奖，成为日本文学史上获得诺贝尔文学奖的第一人。《古都》也代表了川端后期的小说更臻成熟，他用敏锐而细密的感性思维与惯有的细腻文字，毫无保留地表现日本人的心理真髓，展现日本文化中独特的物哀与幽玄之美。

川端在《古都》里再现了京都的清雅风貌，表现了京都的自然和传统之美。他让读者跟随主角千重子寻访京都的名胜古迹——垂樱翩然的平安神宫、风雅古朴的清水寺、竹林萧萧的嵯峨岚山、杉林密布的北山、楠木繁茂的青莲院、盛大的祇园祭、时代祭、伐竹祭、鞍马山的大字篝火……凡此种种，好似一帧帧民俗画轴，使人从中读到京都之美。

《古都》讲述孪生姐妹佐田千重子和苗子，出生后分别被两个不同家庭收养，长大后相遇、相知、相认，直到最后又分离的故事。

小说从千重子发现老枫树树干上的紫花地丁开了花说起，叙述出生贫困家庭的千重子和苗子被亲生父母弃养，千重子幸运地被经营西阵和服批发的太吉郎与阿繁领养，生活富裕；妹妹苗子于父母过世后，被贫寒家庭收养，从小在北山杉林过着靠体力劳动自食其力的生活。失散多年的姐妹，无意间在祇园神社的祭典相遇，从而展开一段孪生姐妹同生不同境遇的坎坷人生故事。

姐姐千重子为人优雅、文静，善于感受，富有少女情怀的细腻特质，曾到访位于城外的北山探望苗子。当遭受雷雨袭击，杉林无任何遮蔽物可躲避时，妹妹竟不顾生命安危，以身体庇护姐姐，表现出令人动容的深情。

某夜，当苗子到千重子的家拜访，由于两人成长在截然不同的家庭，为了不影响姐姐的身份、生活和爱情，苗子在跟千重子共度"一生中最幸福的一宿"后，顶着寒冬冷冽的细雪，头也不

▲主角双胞胎姐妹相会的京都八坂神社祇园祭

文学景观

京都：平安神宫、清水寺、岚山野宫神社、岚山竹林、八坂神社、祇园神社、
　　　祇园祭、北山杉林

▲双胞胎姐妹出生地京都北山

▲北山杉林双胞胎姐妹雕像《再会》

中文版本：
《古都》，叶渭渠、唐月梅／译，
2020 年 7 月，南海出版公司。

日文版《古都》

回地离去。这时，千重子倚着格子窗，默默目送苗子逐渐远去的孤伶身影，感到屋外一片冷清、寂静。

川端所呈现的文学之美，是继承了《源氏物语》的物哀精神，更是日本传统残缺美学和悲剧美学的集结。书中不时出现对樱花开落的描述，象征樱花虽美却不持久，留予人们"刹那之美"的喟叹。这种属于大和民族特有的物哀情结，充满怜悯、感动、慨叹、同情与绝美。他用文字揭示贫富差别，甚至世俗偏见所形成的现实。对战后的哀愁、传统文化面临流失的危机，只能用交织忧伤与失望的哀鸣诉诸文字，以简约含蓄的语言予以意在言外的譬喻。

"幸运是短暂的，而孤单却是永久的。"川端在《古都》表现的自然之美与人情之美，侧面反映了大和民族的文化智慧与浪漫情怀。无怪乎诺贝尔文学奖委员会在颁奖词中赞誉："以丰富的感情、高超的叙事性技巧，并以非凡之敏锐表现了日本人内在精神的特质。"

经典名句

- 我们都是上帝之子，每一个降生就像是被上帝抛下……因为我们是上帝之子，所以抛弃在前，拯救在后。
- 任何一种花，每每由于赏花的时间和地点各异，而使人的感触也各有不同。
- 花给空气着彩，就连身体也好像染上了颜色。

《疯癫老人日记》／谷崎润一郎

在禁忌中恍惚升华，为恶女献身跪拜的极致情欲。

作者·谷崎润一郎

关于《疯癫老人日记》

1962 年出版的《疯癫老人日记》，描写一位丧失性功能却依然欲火饥渴的老人，相中媳妇飒子美丽的脚，拿她的脚当成佛足看待，进而崇拜到五体投地的病态心理。

作者笔下的飒子是个放纵情欲的女性，充满征服男人的欲望，甚至不惜以挑逗施虐。而被作者戏谑成"疯癫老人"的公公，是个高血压等慢性病缠身的老人。他清楚自己被媳妇吃定却乐此不疲，一旦爱抚起飒子的脚，就能从爱抚中燃烧起儿时的恋母情结，不免将母亲与媳妇的印象交织一起，衍生成异色情愫。

情欲既无法宣泄，老人最后只想将媳妇那双如佛足般的脚，拓刻在自己的墓碑上，以求死后得到永恒欢愉。于是，当他带着飒子和家人到京都法然院和真如堂勘查墓地时，寄望以飒子的形象雕刻成墓冢佛像，甚至拓下飒子的脚印，做成佛足石，便于自

▲疯癫老人出现在京都南禅寺

文学景观

京都：南禅寺、瓢亭、法然院

奈良：药师寺

▲谷崎润一郎常造访邻近南禅寺的怀石料理瓢亭

▲谷崎润一郎在京都法然院的墓地

已死后继续被飒子践踏、嘲笑，"痛呀！但很舒服，舒服极了，远比活着还要舒服多了！"他乐于独享这种受虐的快感。

老人越是遭到飒子嘲弄般的精神折磨，甚或臆想飒子与年轻戏子春久的幽会，就会愈加迷恋飒子。虽然他确知自己逐渐衰竭的身体与情欲渴望相互交错，但仍不停歇地利用不断流失的生命，试图以各种方式接近飒子、碰触飒子。

为了讨好飒子，老人以散步、修理拐杖等作借口绕到百货公司为飒子挑选礼物。他不但为她挑选皮包，为她购买价值不菲的猫眼石戒指和汽车，还为了她疏远亲生儿女。老人对出身风尘的飒子如此痴迷，飒子更是容许老人看她沐浴的情景，除了是对已然消逝的狂荡奔放的青春难以忘怀，更或者他是为了满足自己扭曲凄婉的情欲。

谷崎润一郎以极端的"美"与"丑"，传达美的情愫，将人性中极其隐秘的多面展现出来，并将其升华到美的境界。

通过《疯癫老人日记》，读者真切见识到日本民族性格的矛盾性、离奇性。小说中的病态老人在生命尾端以激烈、夸大的疯癫想法与行为，意图证明自己生命力依然旺盛，到头来却悲凉地发现，自己的人

中文版本：
《疯癫老人日记》，郑民钦／译，2016 年 6 月，南海出版公司。

日文版《疯癫老人日记》

生终究衰竭了，仅能妄想强大的刺激，耽溺于遭受媳妇凌辱与折磨带来的情欲飨宴，以便挽救自己面临的死亡阴影。

凡此种种，那些暗藏自虐性的汹涌情欲，经由作者无与伦比的优异文字，描绘出一段荒诞奇异却又值得品味的生动故事。

经典名句

- 美好的肉体是属于春天的。
- 即便是坏女人，本质也不能显露在外。坏得可爱是必要条件。坏也有程度之分。
- 我突然感觉左手剧痛起来，同时感到极大的快感。一看到飒子那恶妇般的脸，快感反倒越来越强烈了。

作者·山崎丰子

《白色巨塔》／山崎丰子

赤裸的医界斗争，不对等的医疗关系。

1924 年出生于大阪市中央区昆布商店老铺小仓屋山本之家的山崎丰子，本名杉本丰子，毕业于京都女子大学日文系。后来，在《每日新闻》学艺部担任记者，上司为井上靖。山崎丰子利用闲暇之余写作，初期作品大都以船场和大阪风俗为文学舞台。

1957 年山崎丰子发表首部作品《暖帘》初试啼声，登上文坛。翌年又以《花暖帘》赢得 1958 年第三十九届直木奖。之后山崎丰子辞掉报社工作专事写作。1963 年在《Sunday 每日》周刊连载《白色巨塔》，因探讨医患社会关系等社会问题，内容尖锐，引起话题，造成轰动，进而奠定山崎丰子在日本文坛不可动摇的地位。

1970 年，山崎丰子又于《周刊新潮》连载小说《华丽一族》

《二个祖国》《大地之子》《不落的太阳》等。1991 年山崎丰子获第三十九届菊池宽奖，2009 年以《命运之人》获每日出版文化赏特别赏。山崎丰子的著作包括《女人的勋章》《不毛地带》《女系家族》《花纹》《变装集团》《白色巨塔续篇》等。2013 年 9 月 29 日去世，享年八十八岁。

关于《白色巨塔》

1965 年山崎丰子出版了长篇小说《白色巨塔》，"巨塔"二字用以借指医院。小说虚构的背景地设定为浪速大学附属医院。据说山崎丰子笔下的"浪速大学"实际原型为国立大阪大学。

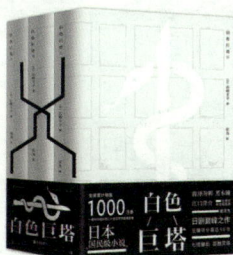

中文版本：
《白色巨塔》，侯为／译，2020 年 7 月，青岛出版社。

畅销日本四十余年的 20 世纪文学巨著《白色巨塔》，是被列为战后日本十大女作家之一、社会派小说巨匠山崎丰子的代表作。她说："我写这部小说，无非是出于质问医学界的良心，或挑战医学界的封建性，同时感觉到那里存在着强烈的人间戏剧！"

日文版《白色巨塔》

故事围绕两位价值观、生命态度截然不同的医师展开：医术精湛、才气焕发、野心勃勃的外科医师财前五郎，以及热血

▲大阪市天守阁

▲天守阁夜景

正义、坚持理想，学者型的内科医生里见修二。反映了该大学附属医院内部长期充满矛盾、尔虞我诈的人际关系，大胆揭露医界选举贿赂、医疗过失等内幕，挑战日本社会长期以来绝对禁忌的议题。

作者以细腻鲜活的人物刻画，以及明快的文字节奏，通过医院内部的人事、医疗，全面而深入刻画了书中人物、对生命的态度和医疗道德所呈现的不同面向，提出对善恶是非的深刻思考，高度关切人性的明暗面并寄予希望。

山崎丰子在《白色巨塔》中揭示了错综复杂的医学界实态、赤裸的医界斗争、不对等的医患关系、诡谲纠葛的善恶冲击。在这座神圣不可侵犯的高塔内，因人性与神性、道德与贪欲的永恒角力，上演一幕又一幕波澜壮阔的人间悲喜剧。这部小说被日本学界认定为史诗般壮阔、撼动人心的文学大作，六度被改编成影视剧。

经典名句

- "教授"这种东西，不是让你成天摆在心里想的。我们应该专注于自己的研究，等到别人认同你的成就，自然就会选你当教授。

作者·司马辽太郎

41

《坂本龙马》／ 司马辽太郎

不管世间人如何看我，怎么说我，我只要说自己想说的话，做自己想做的事。

1923 年出生于大阪浪速区西神田的司马辽太郎，本名福田定一。父亲福田是定是个开业药剂师，母亲名叫直枝。他小学就读大阪市立难波盐草寻常小学，因为不喜欢去学校，经常无故缺课，以致荒废学业，遭众人谴称为"恶童"。

不喜欢去学校，不代表不爱读书。十三岁开始，司马辽太郎经常到大阪市立图书馆借书、看书，直到大学毕业，几乎读完该图书馆所有藏书。

1940 年司马辽太郎就读旧大阪高校、旧弘前高校。1942 年进入现大阪大学外语系学习蒙古语。选择冷门的专业学习，加上太平洋战争期间前往中国东北当兵的经历，对他的写作风格影响深远。早期作品《波斯的魔术师》《戈壁的匈奴》，晚年的《鞑靼疾风录》都以中国北方民族的历史与特性为书写背景。

1943 年 11 月，司马辽太郎二十岁，因担任"学徒出阵"（学生兵），只得休学。翌年 9 月，他才从大阪外国语学校毕业。离开学校后，进入兵库县加东郡河合村青野原战车队第十九连队当兵。喜欢文学的司马，在部队成立罕见的"俳句之会"，一边服役，一边吟诗作文，借此磨炼文笔。1944 年 12 月毕业。由于司马出身文科，他对理工、机械一窍不通，还曾因不知如何启动战车，导致战车冒出白烟而大喊"救救我！"。而且还在战车上触电却误用斧头切断电线闹笑话。

关于日本战败这件事，时年二十二岁，个性耿直的司马辽太郎说："日本为何执意要打这一场笨仗？什么时候日本人变得这么笨？"此言一出，引起哗然。

离开部队后，司马决意进入新闻界，先后在新世界新闻社、新日本新闻社的京都支社工作。1948 年，新日本新闻社破产，他受聘加入产业经济新闻社京都支社。司马于 1950 年结婚，四年后离婚，由于无法避免四处奔波的采访工作，他把长子托付给父母养育。

忙碌的新闻报道工作之余，司马潜心创作历史小说。1960 年出版《枭之城》，随即荣获第四十二届直木奖。不久，离开产业经济新闻社；1964 年移居大阪府布施市下小阪，借机研读寺院收藏的古籍，并专事写作。他喜欢新闻记者的工作，曾对朋友说："若有来生，我还是要当个新闻记者。"还说："所有的梦想都会实现，只要有不断追梦的勇气。"

年轻时代喜爱阅读司马迁《史记》列传的司马，笔名"司马辽太郎"取自"远不及司马迁"之意。虽自谦不及司马迁，可他

▲九州鹿儿岛坂本龙马雕像

文学景观

高知市：上町龙马出生地、龙马纪念馆

京都：寺田屋、幕末京都藩邸、龙马遇刺地近江屋、龙马长眠地灵山护国神社、圆山公园龙马雕像

下关：坛浦炮台旧址、严流岛

长崎：长崎港、黑船来航、船中八策、风头山、龙马道、龟山社中、龟山社中资料展示场、龙马道上大铜靴、若宫稻荷神社、眼镜桥、夕颜丸海援队、长崎蝴蝶夫人、哥拉巴公园、哥拉巴龙马旧邸

熊本市：横井小楠纪念馆四时轩

鹿儿岛：鹿儿岛、雾岛神宫、樱岛

大阪：司马辽太郎纪念馆

毕生历史小说著作等身，被公认为日本大众文学巨擘，也是日本最受欢迎的国民作家之一，更是中流砥柱般的人物。

学者评议他的作品是"非意识形态"的"大河小说"[1]。一生著作丰厚，《风神之门》《坂本龙马》[2]《新选组血风录》《盗国物语》《最后的将军》《新史太阁记》《义经》《宫本武藏》《坂上之云》《项羽和刘邦》《油菜花的海岸》《鞑靼疾风录》等上百部。

他喜欢描写英雄，却认为日本没有真正的英雄，曾说："源赖朝是个伟大的政治家，但没有人缘；源义经是个无聊人物，却大受欢迎；大久保利通是伟大的政治家，然而日本人却喜欢稚气的西乡隆盛。也就是说，政治原本是男人的世界，但日本人却喜欢女性特质的人。譬如说，西乡隆盛有时会写写诗，发表几句名言，结果比大久保利通更得人缘。"

▲四国高知市坂本龙马诞生地纪念馆

▲坂本龙马在长崎风头山创立日本第一家商社"龟山社中"

1　来自法文词汇"Roman-fleuve"，意为反映时代的多卷本连续性的长篇巨作。
2　又译为《龙马行》。

1996 年，司马辽太郎因腹部大动脉瘤破裂，经九小时漫长手术，最终不治，病逝于国立大阪医院，享年七十二岁。动画家宫崎骏对此发表感言说："司马辽太郎一直思考，为什么日本会产生如此愚蠢的'昭和时代'。现在日本更趋腐败没落，司马辽太郎已经看不到日本的没落光景，我为他感到欣慰。"

关于《坂本龙马》

1966 年出版的《坂本龙马》，描述了 1835 年出生于四国高知县的坂本龙马的故事。龙马原为商户人家，后来却成为幕末推动维新革命的划时代的英雄人物，他既是大政奉还的策划者，也是实际操盘手。通过他的策划和推进，日本终于结束德川家族长达 264 年的江户幕府时期，走上还政于朝、以明治维新推动国家振兴的道路。

他短暂的一生充满传奇，不但建立日本第一个以贸易为宗旨的商社"龟山社中"；结婚时，还带领妻子楢崎龙开启"度蜜月"的先河；当别人还在耍弄武士刀时，他手里拿的却是手枪；当别人手里拿着枪打仗时，他却从怀里掏出《万国公法》。

传闻，龙马出世前，他的母亲梦见一条口里一边吐着红色火焰一边跳跃的龙，直扑进入胎体。生下他时，发现他的头后项长有一排如马一般的鬃毛，父亲坂本八平直足便为他取名"龙马"。

小时的龙马绝顶聪明，凡事触一通百，但不爱读书，姐姐乙女只好教他一些强壮身体的技能，如学习剑道、游泳等。及长，龙马于 1853 年游学江户，又赴京城拜师学习剑术；同年，美国海军准将马休·佩里率黑船舰队强行驶入江户湾浦贺，意图打开日本门户，使得锁国的日本沉浸在不知如何应付外来势力的困境。龙马遂于 1861 年联合武市半平，连同其他 192 人歃血盟誓，在高知县结成土佐勤王党，打着尊王攘夷口号，意欲反抗外国势力。后来因意见不合，龙马选择脱藩出走。

脱藩后的坂本龙马，胸怀大志，深感学习西洋文明的重要，遂而迷惘无依地四处奔波，游走大阪。在大阪的住吉，由道场老师千叶重太郎引荐，见到了以拥有开明思想而闻名的胜海舟。胜海舟曾留学美国学习海军军事，为江户幕府海军负责人。在一场重要的会面中，龙马被胜海舟的一席救国宏论慑服，随后拜胜海舟为师，开始他的政治生涯。当时，坂本龙马年仅二十八岁。

中文版本：
《坂本龙马》，岳远坤、孙雅甜／译，2015 年 10 月，南海出版公司。

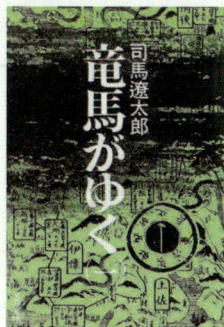

个性洒脱、随兴、重义气的坂本龙马曾说："不管世间人如何看我，怎么说我，我只要说自己想说的话，做自己想做的事。"他就是这样一个人。

坂本龙马是幕府末期推动维新革命的重要人物，他短暂的一生充满传奇，最后在京都四条近江屋附近遭暗杀，以悲剧英

日文版《坂本龙马》

雄之姿收场。龙马死后被葬于圆山公园的灵山护国神社。

经典名句

- 任凭千夫指，我心唯我知。
- 现在把日本重洗一遍。
- 我对那件事胸有成竹。只要我想做，世上没有做不到的事情。
- 所谓英雄者，就是只走自己道路的人。

《冰点》／三浦绫子

以爱为名，就能恣意伤害别人吗？

作者·三浦绫子

1922 年 4 月出生于北海道旭川市的三浦绫子，旧姓堀田，与同时代的女作家曾野绫子并称"双绫子"。三浦绫子 1939 年毕业于旭川市立高等女子学校，其后七年担任神威小学教师，后因肺结核病发，辞去教职。1949 年，三浦绫子在虚空和自我弃绝的悲痛下自杀未遂，直到 1959 年三十七岁时才与三浦光世结婚。

1961 年，三浦绫子以笔名"林田律子"在《主妇之友》杂志首度投稿《太阳不再西沉》。1963 年，朝日新闻社举办"庆祝大阪本社创刊八十五年暨东京本社七十五周年纪念"小说征文大赛中，三浦绫子以小说《冰点》获选，勇夺一千万日元大奖。隔年12 月开始在朝日新闻朝刊连载，1966 年由朝日新闻社出版，短时间内创造了卖出七十多万册的销量纪录。1966 年这部小说被改编为电影，由若尾文子饰演女主角，掀起"冰点流行风潮"。

三浦绫子将近四十年的写作生涯，总计出版了近八十本著作，包括《积木之箱》《裁判的家》《残影》《北国的春天》《枪口》等，其作品兼具宗教的诚实谦卑与女性的温柔细致。

三浦绫子的后半生都在与病魔做斗争，1982 年接受直肠癌手术，十年后又罹患帕金森氏症，但她未曾停笔创作。1999 年 10 月，因多重器官衰竭，病逝于北海道旭川市立医院，享年七十七岁。她出生的故乡特别设置三浦绫子纪念文学馆，以示对她文学成就的崇敬。

关于《冰点》

1966 年出版的《冰点》，揭露了一个外表看似美满和平的家庭，背后却隐藏了不堪的爱与恨的矛盾角力，以及面对亲密的人展开狠心反扑的悲剧。

小说描述北海道旭川市辻口医院的院长辻口启造，平日是标榜"要爱你的敌人"的谦谦君子，因为他美丽的妻子夏枝细白颈项留有某男人的"吻痕"，继而产生一连串令人喘不过气的报复行动，加上唯一的女儿惨遭杀害，他不再宽容，并自信能坦然面对伤害。

为了报复妻子的不忠，他暗中寻访，发现杀女凶手身后留有一名幼女，几经周折，他领养了这个小孩，还为她取名阳子。后来，阳子得知身世，觉得自己体内流着不洁的血液，自杀未遂。

伤害既已造成，曾经参与其中的每个人将如何面对原罪？

　　辻口启造料想不到，原本容易说出口的原谅与放不掉的报复怨念，换来一家人几十年的煎熬。一宗罪过，召唤另一宗罪行；

▲三浦绫子文学纪念馆在旭川市神乐七条八丁目 2-15

文学景观

北海道：旭川市、旭川市启造综合医院、三浦绫子纪念文学馆

▲旭川市旭山动物园

▲《冰点》场景在北海道旭川市，图为旭山动物园

中文版本：

《冰点》，田肖霞／译，
2012 年 12 月，北京十月文
艺出版社。

日文版《冰点》

一段秘密，引发另一段秘密，而新的秘密又将揭晓，辻口家始终得不到真正的平静。

在作者笔下，道貌岸然的丈夫心眼狠毒，美丽温柔的妻子自私自恋。阐释善良正直的人不一定永远不会错。伴随作者刻画的鲜活人物与精彩情节，本书提供了对生命、家庭、人性更深刻的思索。

《冰点》是日本诸多名作中的不朽之作，虽为 20 世纪 60 年代创作的小说，由于主题交织在沉重的原罪、仇恨与宽恕之间，情节高潮迭起，人性弱点毕露无遗，至今仍受好评。日文原著总计创下五百万册以上的惊人销量。《冰点》三度被搬上大银幕，九度被改编成电视剧；被译成十三种语言，畅销各国。

经典名句

- 如果在一个想让你哭的人面前流泪，那就是失败。愈是在这种时候愈是要笑，顽强地度过人生。
- 人在生活中遇到不幸，没什么比一门技艺会给人更好的安慰，因为当他一心钻研那门技艺时，船已不知不觉越过了重重危难。

主从不沉默，而是一起受苦

《沉默》／远藤周作

反抗历史的沉默，探索神的沉默。

作者·远藤周作

1923 年出生于东京的远藤周作，别号狐狸庵山人。出生后不久，举家搬迁到中国。十年后，父母离异，远藤随母亲返回日本，住在母亲的家乡神户。母亲在远藤幼年时皈依天主教，致力培养远藤成为天主教徒。十二岁时，远藤受洗礼，取教名 Paul。

在中国东北地区度过童年的远藤周作身体虚弱，使他在第二次世界大战期间免于被征召入伍，后来进入庆应大学就读法国文学，1950 年成为战后第一批留学生，前往法国里昂大学留学，专攻法国文学达两年之久。回国后，他随即展开作家生涯。

他的作品大都是早年生活经历的反映。在异国的生活经历、医院住院的经历、跟肺结核战斗的经历都成了他笔下故事素材。

▲长崎大浦天主堂

文学地景

长崎：长崎港小村落、长崎市东出津町七十七番地远藤周作文学馆

▲《沉默》的主场景长崎

▲位于长崎市东出津町的远藤周作文学馆

他的作品关注人性和道德，展现个人的宗教信仰，笔下角色大部分是在道德困境中的抗衡者，令人困惑。正因如此，他的作品常被拿来跟英国作家格雷厄姆·格林比较，而格雷厄姆·格林反而赞赏远藤周作是"20世纪最优秀的作家之一"。

1955年，远藤周作以《白色的人》获芥川奖，1966年以《沉默》获谷崎润一郎奖；1995年获得日本文化勋章。其作品有以宗教信仰为主的小说，也有老少咸宜的通俗小说，包括《母亲》《丑闻》《海与毒药》《沉默》《武士》《深河》等。1996年9月远藤周作辞世，享年七十三岁。一生为天主奉献的远藤周作离开人世后，家人遵奉遗愿，把《沉默》和《深河》放入其棺内与之做伴。这两本书不仅是作者生前自认的代表作，还被公认为20世纪日本文学的重要著作。

关于《沉默》

1969年出版的《沉默》是远藤周作的重要作品之一，书中探讨了天主教在东方社会传教面临的问题，包含东西方文化的差异。取名"沉默"的理由是：反抗历史的沉默，探索神的沉默。

《沉默》除了探讨"神的沉默"，更深入探究"教会的沉默""历史的沉默"。阐述天主教历史上向来只歌颂殉教者，却对弃教者漠视、蔑视，使弃教者感到痛苦。

故事发生在德川幕府禁教令的背景下，长崎港附近的小村落里，一名葡萄牙耶稣会的教士罗德里格偷渡而来在此传教，并调

中文版本：

《沉默》，林水福／译，2013
年 10 月，南海出版公司。

日文版《沉默》

查其恩师因遭受穴吊酷刑而宣誓弃教一事。这件事在当代欧洲人眼中不只是个人的挫折，更是信仰、思想的耻辱。教士在传教过程中面临信仰与反叛、圣洁与背德、强权与卑微、受难与恐惧、坚贞与隐忍、挣扎与超脱的两难困境，逼迫教士对信仰进行深层而现实的思索。最终，他仿佛走过一趟恩师的心路历程，拥有自己对信仰更坚实的实践。

果然，沉默的上帝并没给答案。罗德里格的同僚选择与教众共亡，老师选择牺牲信仰，改姓日本名，住寺院，卑微地活着。罗德里格则决定追随老师的步伐，在异教国度隐姓埋名以终，沉淀大爱，吻合了"主从不沉默，而是一起受苦"。

经典名句

- 在这荒废的土地上，无论如何必须留下一把尽管很小却可耕种的锄头。

- 他当然深深了解神是为了受赞美而存在，不是因怨恨存在。尽管如此，在这样的试炼日子里，像约伯那样得了麻风病还赞美神，是多么困难啊！

作者·村上龙

《无限近似于透明的蓝》/
村上龙

浓烈的感官体验，狂乱了青春；
脱序的生活，谱成了迷幻的歌。

1952 年出生长于崎县佐世保市的村上龙，就读县立佐世保北高中时加入橄榄球队，半年后退出，后又与朋友合组摇滚乐团"腔棘鱼"，一年后乐团解散，他又加入新闻社。1969 年夏天，村上龙跟同学进行校园封锁，大搞造反运动，展开"我的十七岁人生像过庆典一样"的逆流活动，结果被校方无限期停学。隔年 3 月，毕业前村上龙再度成立乐队，举办摇滚演唱会，拍摄电影，他说："不能够快乐过日子是一种罪过。"1987 年，他这段经历过程写成自传体青春小说《69》同时出版。

"直到今天，我仍无法忘记高中时代伤害过我的老师。"高中毕业后，村上进入美术学校就读，半年后遭退学。1972 年 4 月，进入武藏野美术大学造型学部基础设计系就读；1977 年休学。抱持"不重复用同一种方法"创作的村上龙，1976 年以《无限近似于透明的蓝》获第十九届群像新人文学奖与第七十五届芥川奖。

1976 年，村上龙与电子琴专家高桥田津子结婚；1980 年长子村上大轨出生，10 月出版《寄物柜婴儿》。该书以寄物柜婴儿遭窃事件为题材，于 1981 年获第三届野间文艺新人奖。

20 世纪 80 年代，村上龙与村上春树并称"双村上"，村上春树说："他的好奇心像鲨鱼一般。"村上龙说："我不太喜欢工作，所以总是尽快写好出去玩。"实则两人并无任何亲戚关系，文学创作也无共通点。两人用"双村上"称号为背景，在 1981 年出版对谈集 *Walk, Don't Run*。

1999 年 11 月，以金融、经济为议题，村上龙推出电子杂志 *JMM*，同年出版批判日本社会对泡沫经济反应的图画书《那些钱能买些什么呢？》。2004 年村上龙出版《工作大未来——从十三岁开始迎向世界》，批判啃老族等新劳动经济学产生的社会问题。2004 年村上龙开始担任芥川奖评审委员。

关于《无限近似于透明的蓝》

村上龙 1976 年出版的《无限近似于透明的蓝》，是以驻日美军基地横田为背景的小说。书中经常可见美军士兵与沉溺嬉皮世界的主角 Ryu 嗑药的情景，反映美军占领时期的日本风貌。

Ryu 乃是战后《美日安保条约》下出生的一代，也是美军占领日本的背景下尝试展现自己存活姿态的象征。小说叙述一群以毒品麻醉自己、失去活力的青年，过着脱离常轨的堕落生活，表现了战后日本经济高速发展下美国文化的影响，青年群体的迷茫、痛苦及对生存的反思。

《无限近似于透明的蓝》的主角 Ryu 总是强调："你到底是什么人？你到底在惧怕什么？你是如何变成一具任人玩弄的人偶？"作为一名十九岁的大学生，他拒绝学校教育，与一名酒吧女 Lilly 同居。他的生活圈子有不少混血儿与美国士兵，这些人一起过着酗酒、滥交、吸毒、飙车及摇滚的迷幻日子，完全把正常的生活秩序与道德抛诸脑后。后来，Ruy 在曲折不断的人生路途中接触许多不解的事物，终于在黎明前夕的短暂静止中，感悟到生命的美与希望。

截至目前，这本书在日本销售量超过四百万册以上。诺贝尔文学奖得主大江健三郎认为村上龙的作品呈现日本年青一代的思想，却透露"有半法西斯的一面"。《无限近似于透明的蓝》获第七十五届芥川奖。当时评审会激烈讨论过这本书，丹

中文版本：

《无限近似于透明的蓝》，张唯诚／译，2020 年 11 月，上海译文出版社。

日文版《无限近似于透明的蓝》

羽文雄、井上靖、吉行淳之介、中村光夫支持，而永井龙男和泷井孝作反对，安冈章太郎投下半票，最后村上龙以四点五比二过半数赞成票获奖。

村上龙二十四岁时，以天才之姿创作的《无限近似于透明的蓝》，被认为是最诚实的私小说，虽在芥川奖评审会引起争议、讨论，但小说内容的确让人体会身处黑暗的恐惧、痛苦与不适，好在小说最后给予了挣脱的希望。

村上龙描绘过着放纵生活的年轻人，彰显日本因战败而衍生出无根的一代，是否预示日本社会将要面对精神荒凉的困境？

经典名句

- 无论我怎么使劲吸气，也只能吸进一点点空气。而且还不是从嘴或鼻子吸进去的，好像是胸口有个窟窿，从那里漏进来的。
- 全身就像被人爱抚着，像抹在汉堡上的奶酪似的融化下去，好比试管里的水和油一样，身体里冷却的部分和发热的部分分离开来旋转着，燥热传导到了我的头部、喉咙、心脏和性器官。

《且听风吟》／村上春树

充满「空白」与「虚无」的逝去青春。

作者·村上春树

1949 年 1 月出生于京都伏见的村上春树，父母为中学日文教师。他十二岁时举家搬迁到兵库县芦屋市，这里也是谷崎润一郎写作《细雪》的所在。他从小就不喜读书，中学时期常因不用功读书遭老师打骂，他说："不想学的、没兴趣的东西，再怎么样都不学。"进入神户高中后他更是变本加厉，经常逃课，不过成绩始终维持在平均水平之上。

叛逆，不等于浪荡。

村上春树高中时期喜欢阅读二手的欧美原文小说，并开始在校刊上发表文章。1967 年，他报考法律系落榜。第二年重考，考进东京早稻田大学文学部戏剧系。他说："高中时，不爱读书；大学时，我是真的没读书。"大学期间，村上春树经常流连地下爵士酒吧，徒步自助旅行，露宿街头，接受陌生人施舍。

1968 年 4 月，村上春树认识同学高桥阳子，两人开始交往。1971 年，二十二岁的村上尚未大学毕业，偕同阳子到区公所注册结婚，决定厮守终生，随后搬去阳子家同住。1975 年，村上春树总算修完大学学分，以论文《美国电影中的旅行观》毕业，前后花了七年。

婚后，夫妻俩白天到唱片行工作，晚上在咖啡馆打工。三年后，以 250 万日元现金与 250 万日元银行贷款，在东京西郊国分寺车站南口开设一家以村上的宠物为名的爵士咖啡馆"Peter Cat"，白天卖咖啡，晚上变酒吧。两人一边经营爵士小店，一边读书，爵士店的生意也越做越好。

他跟写作发生亲密关系是在 1978 年 4 月，有天突然"莫名其妙地"想写小说，他说："当天下午我正在看棒球，坐在外野区，一边喝着啤酒。我最喜欢的球队是养乐多队，当天是和广岛队比赛。养乐多队在一局下上场的第一棒是个美国人 Dave Hilton。我记得很清楚，他是当年的打击王，总之，投出的第一球就被他打到左外野，二垒安打。就是那时我起了这个念头：我可以写一本小说。"球赛结束后，他到文具店买了钢笔和稿纸，开始创作他的第一部小说《且听风吟》。

听来很神奇，很不可思议，但确实是这样。这部小说花了 6 个月完成，他把作品投稿到《群像》杂志举办的新作家文学竞赛，初

▲《且听风吟》中所提到的四谷车站

文学景观

东京：四谷车站、新宿、早稻田大学

▲村上春树就读的早稻田大学文学部戏剧系

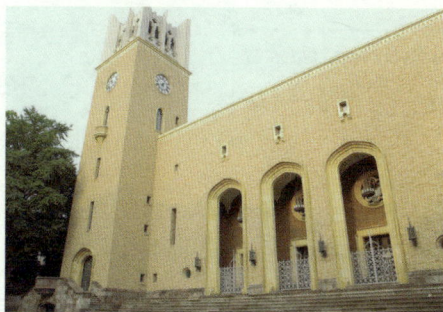

▲早稻田大学校舍

试啼声，竟一举赢得 1979 年的群像新人奖。从此步上文学之路。

1981 年，村上卖掉经营多年的 Peter Cat 爵士咖啡馆，搬到船桥市专心写作。1985 年，费时八个月完成的长篇小说《世界尽头与冷酷仙境》拿下谷崎润一郎奖，为日本"二战"后首位青年得奖者。

1986 年村上携妻旅居欧洲三年，完成日本近代文学出版史上销量排名第一的长篇小说《挪威的森林》。该著作上下册累积销量达五百万册以上，这本书让村上的知名度在 20 世纪 80 年代末达到最高峰，确立了村上"80 年代文学旗手"的地位。

被誉为最能掌握都市人意识自我孤离与失落的村上春树，自 2009 年起，获诺贝尔文学奖提名，连续八年入围。村上至今已有六十余本著作，包括《1973 年的弹子球》《寻羊冒险记》《遇见 100％的女孩》《海边的卡夫卡》《国境以南　太阳以西》《1Q84》《没有女人的男人们》等。

关于《且听风吟》

日文版《且听风吟》

村上春树写《且听风吟》时，仍在经营爵士酒吧。下班后，就坐在餐桌写作，因此，他把这部作品称作"厨房餐桌小说"。他认为这部小说在他的成长过程，扮演了不可取代的重要角色，就像老朋友，"似乎不可能再相聚，但我不会忘了他们的友谊，他们在我的生命中，是非常重要而珍贵的存在。他们温暖了我的心，鼓励我前进"。

故事发生在学校放暑假期间，主角故乡的一家爵士酒吧里。

他在这本处女作写道：

> 轻微的南风，送来海的香味和曝晒的柏油气味，使我想起从前的夏天。女孩子肌肤的温暖、古老的摇滚乐、刚洗好的 button-down 衬衫、在游泳池更衣室抽的烟味、微妙的预感，都是一些永远没有止境的夏天甜美的梦。然后有一年夏天（到底是哪一年？）梦再也没回来过。

看似云淡风轻的文字，却滋味悠长，撩人心弦，无怪乎能成为现代文青的启蒙书。

中文版本：
《且听风吟》，林少华／译，2018年6月，上海译文出版社。
《听风的歌》，赖明珠／译，2019年10月，台湾时报出版社。

台湾繁体中文版译者赖明珠说道："在这部作品中作者放入了很多值得挖掘的东西。如果这部作品没有获得'群像新人奖'，他可能就不会继续写作了。然而，因为得奖他从此展开专业写作生涯，于是《听风的歌》[1]也成为他马拉松式写作生涯的起跑点。如

1　《且听风吟》的台湾繁体中文版译名。

果要深入了解作者，无疑《听风的歌》是必读的第一本作品。"她
又说："过去我读小说，多半当消遣，从来没有想到小说具有疗伤
作用。也不觉得自己受过伤。不过事实上不少朋友说，村上的作
品陪他们度过一段难过的日子。我自己也曾习惯在睡前读几页村
上的作品，尤其《听风的歌》《1973 年的弹子球》和《遇见 100%
的女孩》，随便翻开读个三五页，就觉得比较心平气和，可以安然
入睡了。我才渐渐体会到，村上的小说真的具有精神上的抚慰作
用和鼓舞力量。"

　　这就跟村上所言一致，他说："写文章并不是自我疗养的手段，
只不过是对自我疗养所做的微小尝试而已。"有读者如是说道：
"《听风的歌》，是爱上村上春树文字的第一步。每次看都会有很
想哭却又哭不出来的感觉，或许这就是村上春树的魅力所在吧！"

经典名句

- 完美的文章并不存在，就像完美的绝望并不存在一样。
- 这些简直就像没对准的描图纸一样，一切的一切都跟回不来的
  过去，一点一点地错开了。
- 说谎和沉默可以说是现在人类社会里日渐蔓延的两大罪恶。事
  实上，我们经常说谎，动不动就沉默不语。
- 拥有黑暗的心的人，只做黑暗的梦。更黑暗的心连梦都不做。
- 文明是一种传达，如果失去可以表现、传达的东西，文明便结束。

《道顿堀川》／宫本辉

走过少年时代的成年人，
一定都有深藏内心、难忘的风景。

作者·宫本辉

1947 年出生于兵库县神户市的宫本辉，本名宫本正仁，曾居住爱媛县、大阪府、富山县，于关西大仓高等学校、追手门学院大学文学部毕业。宫本辉曾任职广告公司撰稿人，因工作压力大，得了"不安神经症候群"而辞去工作，专事小说创作。

1978年宫本辉以处女作《泥河》获太宰治奖，翌年又以《萤川》获芥川奖，其后又以《优骏》获吉川英治文学奖，《约束之冬》获文部大臣奖，《骸骨大楼的庭院》获司马辽太郎文学奖。

宫本辉的创作理念为"再悲观的小说，我也希望能留下一点希望"，有"说故事的天生好手"美誉的宫本辉，被称"现代日本国民作家"。

宫本辉曾说："走过少年时代的成年人，一定都有深藏内心、难忘的风景。"出版过六十余册小说、纪行、对谈等作品，代表作有：《锦绣》《胸之香味》《地上之星》《天河夜曲》《血脉之火》《流转之海》《月光之东》，以及被称为《河川三部曲》的《泥河》《萤川》《道顿堀川》等。

▲道顿堀川

▲《道顿堀川》主要舞台道顿堀戎桥

文学景观

大阪：道顿堀、道顿堀川、戎桥

▲道顿堀夜景

关于《道顿堀川》

1981年出版的《道顿堀川》为宫本辉《河川三部曲》的第三部，小说舞台背景选定道顿堀川。道顿堀川是位于大阪市中央区最繁华街市的一条河流，无论阴晴朝夕，出入其间的行人、游客多如过江之鲫。《道顿堀川》的故事背景设定在这条河川畔一个叫道顿堀的地方。那儿每到晚间，便闪烁五彩霓虹灯，呈现缤纷的大都会景象。小说以居住在道顿堀的一对父子的爱憎为主轴，同时牵连出现代男女之间微妙的情欲关系。

《河川三部曲》是宫本辉文学创作的起点，从《道顿堀川》里，可以清楚而强烈地窥见作者在文字里，不断探讨"父与子"之间的宿命问题，其对人生百态探索的重心，都放在有着不完满家庭的人物上。用字深情细腻、多姿多彩，博得人心，是难得的小说佳构。

一名读者说出他阅读《道顿堀川》之后的感想："两位主角邦彦和武内都各自被死亡缠绕。邦彦被对死去父亲的不识所压迫，背负着身为孤儿的孤独感。武内则一直怀疑自己当年踹向外遇妻子的那一脚，是否导致她多年后死去。徘徊不去的死亡

中文版本：

《泥河·萤川·道顿堀川》，袁美范／译，2005年4月，台湾远流出版公司。

日文版《道顿堀川》

阴影伴随着愧疚而来，也间接影响到父子之情。过去仍未过去，死者不留给生者一种安心，不也是一种死亡的纠葛。"

又说："《道顿堀川》更是借由众生相，把在人间讨生活的男男女女企求温暖家庭的形貌给描绘了出来。没能做好父亲的武内把邦彦当成自己的孩子，邦彦虽然并没有接受却也不拒绝。而邦彦对面貌模糊的父亲的追寻，又体现出他内心的空洞。"

由演员松阪庆子和真田广之主演的电影《道顿堀川》，叙述一名打工的年轻大学生安冈邦彦和风韵多情的女主角町子间的暧昧感情，由于身份差异最后导致的爱情悲剧。这种钟情于对纯粹感情的爱情现象，是日本小说和戏剧独特的类型。

当男人的情意纠结在父子情、男女之情时，交织成离乱情愫时，越发容易为之苦恼。剧情发展到尾声，男主角遇刺死去的情节安排虽为观众所诟病，但他手握利刃显示出唯有一死方能解决感情问题的神情，完全表现出对处理情感的坚贞精髓。直到后来，当松阪庆子饰演的女主角町子独自站在道顿堀闹市的戎桥上，等候情人归来的焦虑与无奈，更使观者的情感受到强烈冲击。

经典名句

- 人人都在追逐自己的幸福，却已然注定希望渺茫。

47

死不是生的对极形式

作者·村上春树

《挪威的森林》／村上春树

60 年代日本学运时代的东京少年故事。

关于《挪威的森林》

1987 年出版的《挪威的森林》，是一部既寂静又哀伤的爱情小说。故事讲述叙事者渡边彻搭乘飞机到德国汉堡，当飞机降落地面时，无意间听到机上播放管弦乐演奏披头士《挪威的森林》的音乐，继而回忆起 18 年前死去的某位女性友人的事。行文中不乏描写对城市环境的鄙夷心情。

被评论家认为是"现实主义小说"的《挪威的森林》，是村上春树根据其短篇小说《萤火虫》重新改写，以回忆为脉络的爱情小说。故事叙述 20 世纪 60 年代末期，年轻人在感情旋涡中的挣扎、人类伪善和软弱的心理、学生运动的鼓噪，从中展现大时代

挪威的森林

村上春树 著
林少华 译

中文版本：
《挪威的森林》，林少华／译，
2007 年 7 月，上海译文出
版社。

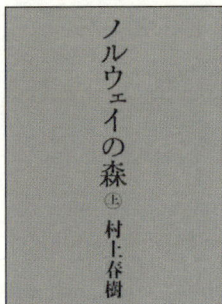

ノルウェイの森
（上）
村上春樹

日文版《挪威的森林》

下的迷惘。

主角渡边彻与个性悲观的直子和性情开朗的绿子，一男二女之间，追寻苦闷生命的出口，却始终迷失在人生的森林里。男主角渡边彻面对女主角直子时，表现出一副寂寞又难受的古怪情绪，是羞惭还是羞愧？渡边彻到底是以怎样的心情跟直子交往？"为什么自己要是自己"让他觉得很内疚。

主角渡边彻纠缠在情绪不稳定而且患有精神疾病的直子和开朗活泼的小林绿子之间，展开了自我成长的旅程。故事以直子自杀，渡边带着淡淡的哀愁与绿子重新开始而结束。

不禁令人想起，东京御茶之水被村上春树写进《挪威的森林》，就是绿子约了渡边到御茶之水站附近的大学附属医院探望父亲，以及直子从御茶之水散步到本乡的情节。书中第二章写道：

直子愈走愈不像是散步。她在饭田桥往右拐，出水渠边，然后穿过神保町的十字路口，再爬上御茶之水的坡道，到达本乡，最后又沿着东京都电的轨道旁走到驹

▲《挪威的森林》中的场景御茶之水车站与圣桥倒影

文学景观

东京：神保町、御茶之水、饭田桥、神田神社、东京复活大教堂

▲东京神田神保町书店街

▲邻近御茶之水站的东京复活大教堂

迅。这一段路并不算短。到了驹迅时，正是日落时分。

这是个晴朗的春日黄昏。

1988 年初版的《挪威的森林》，广受年轻人欢迎，是日本最畅销的小说之一，村上春树因此更为世人知悉。连同文库版一并计算，至 2009 年 8 月 5 日止，总计印行了一千余万册，为日本近代小说销量排行前茅。

经典名句

- 死并不是终结生的决定性要素。在那里死只不过是构成生的诸多要素之一。
- 没有什么人喜欢孤独的，只是不勉强交朋友而已。因为就算那样做，也只有失望而已。
- 能够装进所谓文章这不完全的容器中，唯有不完全的记忆或不完全的想法。
- 不要同情自己。同情自己是下等人干的事。

48

《失乐园》／渡边淳一

一场悲剧性的婚外恋，反映当代日本人的心态。

作者·渡边淳一

1933 年 10 月，出生于北海道空知郡上砂川町的渡边淳一，父亲铁次郎来自煤矿区，是一名苦读有成的高中数学老师，母亲是当地大商家的女儿。渡边小时就读旭川师范学校附属小学校，1952 年毕业于北海道札幌南高等学校。初中到高中六年期间，涉猎不少日本小说，从川端康成、太宰治、三岛由纪夫直到战后第三代新人的作品。渡边最爱川端康成的美感及理直气壮，对芥川龙之介感到无聊。1954 年渡边进入札幌医科大学医学部就学，毕业后，相继在三井厚生医院和札幌医科大学整形外科担任助手、讲师，同时执笔写作，作品大多为医疗界男女之间细腻而华丽的爱情故事。

就读札幌医科大学时，他只能坐在研究室接触枯燥乏味的医学教材。渡边十分羡慕文学院的文艺青年，觉得能读文学书籍是件美好的事，在大一、大二两年阅读海明威、哈地歌耶、加缪、

▲主角在长野县轻井泽幽会，最后双双服毒殉情，图为轻井泽白丝瀑布

文学景观

长野县北佐久郡：轻井泽

▲轻井泽绿意盎然的云场池

▲轻井泽森林中的礼拜堂

萨特等人的作品。加缪的《异乡人》令他大为倾倒，也是他唯一连读三遍的小说。

1968 年，渡边在札幌大学附属医院替病人进行心脏移植手术，他怀疑被割除心脏的病人并未真正脑死亡而遭严厉批评。众多非理性的评价，让他感到无奈，最后无法继续留在医院工作。他索性辞职，前往东京专心创作。

1970 年，渡边的小说《光与影》获直木奖，接着发表《遥远的落日》等作品，1980 年获吉川英治文学奖。1995 年 9 月 1 日他开始在《日本经济新闻》发表并连载长篇小说《失乐园》，描写不伦的性爱，引起巨大反响。新书出版后，热销三百万册，后来相继被拍成电影和电视连续剧，在日本掀起"失乐园热"。渡边因此获"日本现代情爱文学大家"之称，他曾说"情爱小说最具普遍意义，它不会随时代变迁而风化"，又说"男女之爱是跨越国界和时间的永恒话题"。

他对日本政客参拜靖国神社、拒绝正视历史的行为深恶痛绝。他要求日本："不应企图用暧昧的语言逃避现实，哪怕是一句简单的'对不起'，也应该表明自己的诚挚道歉态度。不愿意道歉也必须要道歉，因为我们的父亲、祖父或者曾祖父，他们的身体里流淌着和我们一样的血。虽然我们的家族认为他们温文尔雅，但他们毕竟在那场癫狂的战争中，成为癫狂的人。"

2014 年 4 月 30 日，渡边淳一因前列腺癌在东京家中去世，享年八十岁。翌年，集英社为纪念渡边，特别创立渡边淳一文学奖。

他生前总计出版一百四十余册书，包括小说《紫丁香冷的街道》《红色城堡》《背叛》《一片雪》《无影灯》、随笔集《男人这东西》《钝感力》等。

关于《失乐园》

《失乐园》是渡边淳一著名的畅销小说，自 1995 年到 1996 年间在《日本经济新闻》连载，同年被改编拍成电影和电视剧。1997 年 2 月讲谈社出版单行本，销售量迄今超过三百万册。"失乐园"一词在日本成为婚外情的代称，也成为 1997 年度的流行语。

小说中，端庄贤淑的医学教授之妻松原凛子是一位美女书法家，外号"楷书公主"，三十五岁。丈夫松原晴彦是位医术高超的医生，生性木讷，少言寡语，对妻子冷冰冰，只喜欢一个人坐着吃冰激凌。

婚姻中得不到丈夫关爱的凛子，某天邂逅了五十五岁的出版社主编久木祥一郎，凛子跟事业不得意的有妇之夫久木祥一郎发生了婚外情。不可思议的是，凛子深陷在从未感受过的肉体欢愉，简直到了无法自拔的地步。两人从在旅馆幽会发展到在外租屋幽会，由暗地发展到无法隐瞒，感情进展的速度快得一发不可收拾。

丈夫松原晴彦从私家侦探口中得知凛子的婚外情，告诉妻子，坚决不离婚，也不会

日文版《失乐园》

成全凛子和久木祥一郎，以示惩罚。

婚外恋被揭发后，凛子受到母亲的严厉指责。祥一郎的工作也被一封匿名信影响，被调职分公司，祥一郎却选择辞职，令公司董事十分惊讶。好友水口吾郎对祥一郎说："人最终会老会死，应该放怀追求自己的所爱。"最后在凛子父亲位于轻井泽的别墅里，祥一郎和凛子选择在白皑皑的雪地，冰冷的空气，在孤立的别墅中空荡的房间"达到快乐巅峰的一刻，结束生命"，双双服毒殉情。

渡边淳一说：

> 性是人类生存的原动力。如果没有了性，爱就没有意义。

当爱情不再存在时，该怎么办？是以假面夫妻的形式继续维持关系，并从中找寻继续在一起的意义；还是选择离婚，背负自身的经济和社会压力的重担？

20 世纪 90 年代是日本"失落的年代"，经济泡沫化和经济危机的产生让大多数人活在不安和压抑中。《失乐园》以呈现对肉体之爱的极致追求，适时慰藉了失意焦虑、空虚的人们。作者说：

中文版本：

《失乐园》竺家荣／译，2014 年 6 月，北京联合出版公司。

《失乐园》林少华／译，2017 年 11 月，青岛出版社。

　　肉体爱与心灵爱不能割舍，我写《失乐园》，是要警告在明治维新后鼓吹精神至上的日本社会。

　　翻译家、教授林水福评价说："日本向来有爱与死连接的传统，《失乐园》可说是日本表现爱的方式，呈现爱到极致的死亡。"

经典名句

- 世间所有的胜败争斗，最痛苦的并不是失败之际，而是承认失败之时。
- 男人与女人不能靠得太近，距离太近爱也会变成一种消极的负累。
- 人的一生无论看上去多么波澜壮阔，在到达终点回首往事时，却显得如此平平庸庸。当然，哪种活法都会有遗憾，不过，至少不应在临死时，才想到"糟糕""应该早点做"等悔不当初的事。

《鹿男》／万城目学

如果没能把「目」回来，日本就会灭亡。

作者·万城目学

　　1976 年出生于大阪的万城目学，毕业于京都大学法学系，曾任职静冈县化学纤维公司总务经理，后来因职务调动，被派往业务繁忙的东京。率性的万城目学一心想当小说家，为了专心写作，主动向公司辞职。后来，他索性搬到东京，只身住进空间狭小的公寓专事小说创作。

　　万城目学 2006 年初试小说写作，以"不受女生欢迎、不知如何表达情感的大学男生"为主题写作《鸭川荷尔摩》一书，获第四届日本 Boiled Eggs 新人赏，万城目学也正式以作家身份登场。《鸭川荷尔摩》不仅热卖畅销，2007 年还入围有"日本出版界的奥斯卡"之称的日本全国书店大奖。这个奖项是由日本全国书店

▲《鹿男》故事背景囊括了整座奈良市，图为奈良东大寺

文学景观

奈良：奈良车站、奈良公园、猿泽池、南大门遗址、若草山、飞火野、东大寺、东大寺讲堂遗址、浮见堂、
　　　春日大社、TEN.TEN.CAFE、天理市立黑冢古坟展示馆、橿原考古博物馆、橿原神宫、平城宫迹、
　　　飞鸟车站、黑冢古墓、高松冢古坟、石舞台古坟

▲奈良明日香村石舞台

▲奈良平城宫遗迹

店员共同推选的最受欢迎的畅销书。同年又获《书的杂志》年度娱乐小说首奖，以及大型综艺节目 "KING'S BRUNCH" 举办的 BOOK 大奖新人奖。一时之间，《鸭川荷尔摩》成为席卷日本出版界的超级话题书，广受各大媒体与读者好评，销量直逼五十万册。不久，该书被改编成电影，由饰演《电车男》主角的山田孝之和栗山千明领衔主演。

初试啼声即一鸣惊人的万城目学，创作的第一本书大获成功，人生也跟着起了极大变化。他的个性充满大阪人特有的幽默与风趣，对小说创作格外具有毅力和信心。

2007 年，以"神经衰弱的男老师和会说话的奈良神鹿"为题的第二本小说《鹿男》甫一出版，再次入围日本全国书店大奖，更入围日本文坛最高荣誉之一的直木奖。

《鹿男》再度成为畅销书，不仅使文坛前辈对万城目学刮目相看，其小说还获得电视公司青睐，被改编拍成电视剧。该剧由玉木宏和绫濑遥领衔主演，收视创佳绩，夺得第十一届日刊 Sport 剧集大奖最佳电视剧、最佳男主角和最佳女配角等三项大奖，还被日本雅虎网站票选为 2008 年冬季日剧满意度第一名。

其后，万城目学又以《鸭川荷尔摩》番外篇出版个人第三本小说《荷尔摩六景》，故事以"谈不成恋爱的大学女生"为主题。这本小说同样以精彩的内容赢得日本亚马逊书店读者四颗半星的超人气好评。

之后其长篇小说《丰臣公主》上市，未及一个月即创下十万本销量。该作品二度入围问鼎直木奖，NHK 随之将其改编成广播剧、电影。

在文坛崭露头角、创造书市票房奇迹的万城目学，分别以京都、奈良、大阪为舞台创作的《鸭川荷尔摩》《鹿男》与《丰臣公主》，被誉为"关西三部曲"。他小说中的幽默元素和天马行空的想象力，让文学创作的天空辽阔无比。万城目学业已出版的图书有《鸭川荷尔摩》《鹿男》《荷尔摩六景》《万步计》《丰臣公主》《鹿乃子与玛德莲夫人》等。

关于《鹿男》

《鹿男》，日文名《鹿男あをによし》，用中文直译是《鹿男与美丽的奈良》，该作品是万城目学的人气小说，销售量于 2007 年出版问市第一年突破二十万册，同年夏季他更凭此作成为第一百三十七届直木奖候补人选，2008 年 1 月入围 2008 年本屋大奖十大作品之一。小说颇具历史、奇幻的趣味，读来令人不可思议。

故事以第一人称撰述，主角"我"二十八岁，原本在大学研究所工作，因为跟助手相处不睦，被冠上"神经衰弱"的绰号。后经大学教授劝说，"我"前赴奈良女子学院担任代课教师。"我"到任后，不仅遭受学生耍弄，还因被学生无视而无法进行师生间的正常交流，让"我"有了走投无路的不良感受。

秋季来临时，"我"在奈良公园东大寺大佛殿前的草地遇见一只会用人类语言说话的神鹿。神鹿从 1800 年前守护人类至今，为了每六十年一次"神无月"的"封印仪式",任命"我"担任运送神器"目"的信差。

"目"在人间被称为"三角",会由狐狸所选定的女性担任"使者",把它交给"我",不过由于"我"不是很在意这位女性使者,结果任务失败,拿到的根本不是神鹿所说的"三角"。"三角"究竟是什么?神鹿直接挑明说:"'目'被老鼠夺走了!"

鹿、狐狸、老鼠?还搞不清楚状况的"我",随即被神鹿烙上印记,导致头部逐渐变成鹿的模样。后来神鹿警告"我"说:"如果没能把'目'拿回来,日本将灭亡。"这是何等严重的事!

就在"我"寻找"目"的同时,日本东部一带持续地震。传说中存在地下的那一条大鲇鱼正蠢蠢欲动,这是富士山将要爆裂的征兆——一旦富士火山爆发,日本就将毁灭。如此说来,神鹿就是要用"目"的力量封住骚动的大鲇鱼。

这时,"我"任教的奈良女子学院即将跟京都和大阪的姐妹学校进行一年一度的"大和杯"比赛,每次比赛就好比奥运一样热闹。过去的"大和杯"只是剑道社之间的竞逐,现在则加入羽毛球等项目。所有奖项,只有剑道比赛的优胜者不用一般奖杯,

中文版本:
《鹿男》,涂愫芸/译,2009年8月,上海人民出版社。

日文版《鹿男》

而是使用背面刻有古代神兽图样的奖杯，因其形状特征被称为"三角"。奖杯由主办学校保管，比赛规则也由主办学校自由选择。

五十九年以来，剑道比赛一直由京都女高独占鳌头。"我"担任顾问的奈良剑道社却只有三名体能弱势的社员。听说剑道比赛的优胜奖杯叫"三角"，"我"认为那个奖杯应该就是神鹿所说的神器"目"。为拯救日本面临的危机，"我"这个剑道社顾问，就得全力以赴，奋战起来……

幻想小说《鹿男》一书的故事背景以古都奈良为舞台，融合日本神话与历史，高潮迭起又曲折回转。万城目学在这本充满想象力、结构缜密和跃动幽默对白的书中，点缀以趣味横生的人性闪光点，读来趣味横生。

经典名句

- 我并不认为这是什么大错，人难免会有这种时候，总而言之，就是缺少了思考的余裕。
- 现在或许有很多事让你伤心难过，但是，请不要急，沉稳面对。
- 输了也无所谓，胜负不是剑道的一切，但不能在比赛前就想到会输。
- 你叫我不要放弃，自己却这么快就放弃了吗？

《解忧杂货店》／东野圭吾

你的地图是一张白纸，所以即使想决定目的地，也不知道路在哪里。

作者·东野圭吾

东野圭吾 1958 年出生于大阪，毕业于大阪府立大学工学部电气工程专业，学生时代开始接触松本清张与小峰元的推理小说。毕业后，他任职汽车零件供应商日本电装公司的技术工程师。1985 年以《放学后》获第 31 届江户川乱步奖。翌年，辞去工程师一职，专事写作。

东野圭吾早期作品以清新的校园推理著称，赢得无数青年欢迎，其缜密细致的剧情获"写实本格派"的美名。近期创作突破传统推理格局，涉及悬疑、科幻、社会等领域，兼具文学、思想和娱乐特质。加上他本人具有理工素养，活用科技知识，写出系列科学推理，颇能带给读者新鲜感受。

东野圭吾 1999 年以《秘密》获第 52 届日本推理作家协会奖。2006 年以《嫌疑人 X 的献身》获 134 届直木奖，并一举拿下当年三大推理小说排行榜第一名，有"三冠"之称。2008 年以《流星之绊》获第 43 届新风奖。2009 年 5 月东野被选为日本推理作家协会特别理事会理事长。2014 年以《当祈祷落幕时》获第 48 届吉川英治文学奖。

东野圭吾俨然新世代推理小说代表人，作品深受影视界等青睐，包括《宿命》《放学后》《白夜行》《侦探伽利略》《盛夏方程式》《新参者》等数十部作品被改编成电影、电视剧、舞台剧或漫画。日本许多著名演员都主演过由他的小说改编的影视剧，包括：山下真司、玉置浩二、国分太一、樱井翔、藤木直人、柏原崇、绫濑遥、山田孝之、福山雅治、柴崎幸、二宫和也、锦户亮、松田翔太、阿部宽、玉木宏、唐泽寿明、坂口宪二、渡边谦、小林薰、江口洋介、本木雅弘、寺尾聪、竹野内丰等。

关于《解忧杂货店》

2012 年出版的《解忧杂货店》，是东野圭吾的温馨的长篇小说，叙述一家可以帮人解忧的浪矢杂货店的神奇传说。看似平凡的寻常杂事，作者却能写出不平凡感受。

这家杂货店不只贩卖日常生活用品，还提供人生咨询、心理辅导。人们只要遇到困惑，以及内心流失的东西，这家杂货店都能帮人找回。字里行间充满怀旧、救赎、报恩、宿命与曙光的情怀。

故事叙述了僻静巷巷内伫立着一家解忧杂货店。只要把烦恼事写在信上，晚间丢进卷帘门的投递口，隔天就可以在店铺后面的牛奶箱里取回解答函。这真是件使人疑惑不解的事。如何解谜？如何推理？

书中写了许多离奇而令人困扰的事件：准备参加奥运比赛的少女，男友罹患癌症，女孩陷入爱情与梦想的两难境地；一心想成为音乐人，不惜离家又休学，却面临理想与现实挣扎的鱼店老板儿子；父亲的公司倒闭，打算带着全家卷款潜逃，在亲情与未来之间游移不定的少年；肩负经济压力的女孩，是否该继续留在酒店上班；意外闯进杂货店的三个少年。五种命运，五种况味，该如何抉择？

东野圭吾说："如今回顾写作过程，发现自己始终在思考一个问题：站在人生岔路，人究竟应该怎么做？我希望读者能在掩卷时喃喃自语：我从未读过这样的小说。"

本书出版后，获第 7 届中央公论文艺奖、达文西杂志 2012 年度图书第三名并获亚马逊书店读者四星好评。在日本销量已突破三十万册。

中文版本：
《解忧杂货店》，李盈春／译，2020 年 9 月，南海出版公司。

日文版《解忧杂货店》

经典名句

- 心，一旦离开了，就再也不会回来。
- 虽然迄今为止的道路绝非一片坦途，但想到正因为活着才有机会感受到痛楚，我就成功克服了种种困难。
- 他们都是内心破了个洞，重要的东西正在从破洞逐渐流失。
- 请不要一厢情愿地下结论，任何事情不挑战一下是不知道结果的，对吧？

《枕草子》·清少纳言·1001 年

《源氏物语》·紫式部·1008 年

《方丈记》·鸭长明·1212 年

《平家物语》·信浓前司行长·1219 年

《徒然草》·吉田兼好·1331 年

《好色一代男》·井原西鹤·1682 年

《奥州小道》·松尾芭蕉·1694 年

《金色夜叉》·尾崎红叶·1897 年

《乱发》·与谢野晶子·1902 年

《怪谈》·小泉八云·1902 年

《我是猫》·夏目漱石·1906 年

《少爷》·夏目漱石·1906 年

《虞美人草》·夏目漱石·1908 年

《一握砂》·石川啄木·1910 年

《罗生门》·芥川龙之介·1915 年

《晴日木屐》·永井荷风·1915 年

《山椒大夫》·森鸥外·1915 年

《高濑舟》·森鸥外·1916 年

《地狱变》·芥川龙之介·1918 年

《竹林中》·芥川龙之介·1921 年

《蟹工船》·小林多喜二·1929 年

《伊豆的舞女》·川端康成·1926 年

《春琴抄》·谷崎润一郎·1933 年

《银河铁道之夜》·宫泽贤治·1934 年

《雪国》·川端康成·1935 年

《暗夜行路》·志贺直哉·1937 年

《宫本武藏》·吉川英治·1939 年

《细雪》·谷崎润一郎·1943 年

《津轻》·太宰治·1944 年

《人间失格》·太宰治·1948 年

《假面的告白》·三岛由纪夫·1949 年

《风林火山》·井上靖·1953 年

《潮骚》·三岛由纪夫·1954 年

《金阁寺》·三岛由纪夫·1956 年

《饲养》·大江健三郎·1959 年

《砂器》·松本清张·1961 年

《疯癫老人日记》·谷崎润一郎·1962 年

《古都》·川端康成·1962 年

《砂女》·安部公房·1962 年

《白色巨塔》·山崎丰子·1965 年

《冰点》·三浦绫子·1966 年

《坂本龙马》·司马辽太郎·1966 年

《沉默》·远藤周作·1969 年

《无限近似于透明的蓝》·村上龙·1976 年

《且听风吟》·村上春树·1979 年

《道顿堀川》·宫本辉·1981 年

《挪威的森林》·村上春树·1987 年

《失乐园》·渡边淳一·1997 年

《鹿男》·万城目学·2007 年

《解忧杂货店》·东野圭吾·2012 年

版权登记号：01-2018-9123

图书在版编目（CIP）数据

一本书读懂50部日本文学经典 / 陈铭磻著. —北京：
现代出版社，2021.3
ISBN 978-7-5143-8963-0

Ⅰ. ①一…　Ⅱ. ①陈…　Ⅲ. ①日本文学－文学欣赏
Ⅳ. ①I313.06
中国版本图书馆CIP数据核字（2020）第250290号

项目合作：锐拓传媒copyright@rightol.com

一本书读懂50部日本文学经典

作　　者：陈铭磻
责任编辑：曾雪梅　朱文婷
出版发行：现代出版社
通信地址：北京市安定门外安华里504号
邮政编码：100011
电　　话：010-64267325　64245264（兼传真）
网　　址：www.1980xd.com
电子邮箱：xiandai@cnpitc.com.cn
印　　刷：北京瑞禾彩色印刷有限公司

开　　本：880mm×1230mm　1/32
印　　张：8.5　　　　　　　字　　数：168千字
版　　次：2021年3月第1版　印　　次：2021年3月第1次印刷
书　　号：ISBN 978-7-5143-8963-0
定　　价：48.00元